FLORET
READING

小花阅读

我们只写有爱的故事

青春阅读　幸得相见

大鱼

有爱的青春陪伴者

摘下星星给你

zhaixia
xingxing
geini

野桐 著

百花洲文艺出版社
BAIHUAZHOU LITERATURE AND ART PRESS

·作者简介·

野桐

| 小 花 阅 读 签 约 作 者 |

白羊座，属性刚烈火热。
懒癌患者，胖胖的养猪场老板。
因为相信梦想才活到现在，永远善良，永远自由。

已完稿：《花道之光》《刺槐》《桑枝》《你心上的雪化了吗》

作者前言

如果有一天

接近年末的时候，我在成都的朋友家借住了一小段时间。

在那之前，一个月内我搬了两次家，同一个搬家师傅觉得很奇怪，问我是不是找的房子不满意。

其实没有不满意，只能怪操蛋的生活。

然后就是没能赶上飞重庆的飞机，真的，就差五分钟。那天长沙的天气糟糕得要死，我坐在轻轨里算着时间，觉得应该能掐点赶上，但是因为跑错航班楼还是错过了。我跟朋友打电话抱怨，最后改签飞成都。

落地的时候，我才想起落了东西在长沙机场，这下彻底暴走，一边排队等车一边轰炸我的朋友们让他们知道我有多惨。

跟我一起拼车的是两个东北女生，大概是为了某些不算友好的原因来成都投靠朋友，于是狭小的空间里，两种方言像炮仗一样疯狂灌进司机师傅的耳朵里。

唯一让人值得庆幸的一件事，是在去朋友家的路上导航时，我意外发现北书院街离朋友家很近。

二十分钟的路程，骑自行车的话只要七八分钟就能到。

于是第二天一醒来，我就去单鞘跟聂山南相遇的那条小街打了个卡。

当初做背景设定的时候，我的想象里他们两人会在一条年代久远的老街里初见，那里有打长牌的老人，麻将声跟叫卖声此起彼伏，也许，还有一只年纪很大的花猫在房顶上飞檐走壁……

过于幸运的是，我所有的想象跟现实如出一辙，非要挑出什么不同的话，是我没有想到这里还会被某家时尚公司选作杂志封面拍摄的背景。

我给小吴倩打视频，大概告诉她这里有多满足我的想象，街尾的那个老式小区，像极了南川坊的样子。我在一家茶馆坐下，跟旁边桌的大爷聊天，就好像进入到了单鞘的世界里，这实在让人觉得太不可思议。

写字的人多多少少会明白这样的感受，你用想象写下的每一个字，跟现实重叠的时候，都会让人对此惊讶不已。

说回故事里的单鞘，她是怎么样的一个人呢？

因为家庭的原因，她像是被迫又像是被命运顺其自然推着走一般地在外晃荡了几年。对，晃荡，她知道自己该去哪里，什么时候离开什么时候回来，她拿得起放得下，尽管这中间需要一段时间让她自我消化，可是她绝不是那种爱钻牛角尖的人。

也许是经历太少，所以我对这样的人，十分地喜爱。

从北书院街出来，我买到了小时候最爱吃的糖果子，跟朋友去吃了小郡肝，点了最喜欢的鸭肠和毛肚，突然觉得，回家的感觉真好啊。

朋友问我，如果让你重新选择，当年报志愿的时候你会留在四川还是湖南？

“去湖南啊，你一定不知道，在外面的几年我有多幸运！”

如果有一天，我还能回到那个十字路口，我依然会坚定不移往标记着“湖南”的那个路牌走过去，因为未知的一切，都让人如此心潮澎湃。

因为我跟单鞘一样，知道自己该去哪里，什么时候离开，什么时候回来。

目录

ZHAIXIA XINGXING GEINI

目录

ZHAIXIA XINGXING GEINI

PART 01

每当夜晚拥抱起我们，
每当夜晚打听我们的境况

ZHAI XIA XING XING GEI NI

1.

成都，繁华热闹的街道上车辆水泄不通，鸣笛声此起彼伏。缠绕胶着的声音里，出租车师傅嘬完最后一口烟，朦胧的烟雾里，一眼望尽旁边的街巷。

北书院街是条老街巷，街道窄，车辆进来会车就显得困难。两边栽种着银杏树，树叶在屋顶长成一片，上午时候的阳光稀疏地落在路面上，斑驳的光影里喧嚣的声音拉扯着微风。

青白色砖墙的缝隙里生出青苔，常年被油烟熏染过的墙面上烙上一层黑色的污垢。

站在街头望过来，窄窄的巷子里景象模糊得辨认不出虚实。

老手工艺人用藤条编做的方桌窄凳像一条长龙般盘踞在街道的两边，手里提着茶壶的中年男人在桌凳间来回奔走，这边添茶那边上瓜子，忙得晕头转向。

单鞘坐在小茶馆外，桌子上放着隔壁铺子的早点，一碗咸豆浆下了肚，整个人才算活了过来。

在外漂泊了几年，前一个晚上转机几趟才回到这片承载着成长时光的土地上，一脚还没落踏实就接到唯怡的电话。

“明天我有个活儿，来帮帮我。”那边很吵，隐约还能听见骂人的声音。

单鞘站在传输带前等行李，在飞机上睡了一觉，这会儿上下眼皮还打着架。

“姑奶奶，我刚下飞机。”

唯怡放软声音：“社里的摄影师下午出景的时候摔伤了腿，我这不是没法子，不然我哪敢动你啊？”

“江湖呢？”

“我让他去接你，他没给你打电话？”

单鞘取下登山包，里面装着几件单薄衣服，背着却沉。

“没呢，他肯定喝多了忘了这事儿，你得管管。”

那边应她：“行，回去就叫他跪遥控器。”

六月夜风凉，走出航站楼人算是清醒了些，单鞘紧了紧肩带，说：“时间、地点。”

“上午十点，北书院街。”

肚子吃得饱饱的，单鞘就闲得没事儿可做了。

这会儿才上午九点，离约定的时间还早。人瘫在仙人榻里，微眯着的眼睛左右两边瞟着，两只手垂在半空中，跟坐在隔壁桌子的大爷姿态神似。

大爷瞅她放在旁边凳子上的包，问她：“小姑娘来旅游的？”

单鞘摇摇头，方言张口就来：“本地人。”

她鼻音很重，说话的时候声音里带着份燥热火气，听起来辣耳根子。

“在外面待了好几年吧？”大爷晃着一把蒲扇，视线从她身上慢悠悠地挪开。

单鞘这下点头：“是。”

蹇小芳以前总说“别看我老太太眼睛混浊了，可是看人看得比谁都清”，这话小时候的单鞘一点儿也不相信，可是这些年东南西北走多了，见识过的人不少，她才知道蹇小芳的话不是句句骗她的。

单鞘身子转个方向：“大爷，你还能看出些啥来？”

大爷把她上下打量一番：“还没工作吧？”

真神了。单鞘心里想。

“是没有，刚从外地回来。”

大爷放下茶杯，撂下两个字：“走吧。”然后人站起来往街对面临时搭起的摊子走。

单鞘拿着包跟在身后，一句话没问，等大爷停了脚步，瞅着面前的破旧书桌愣了神。

书桌旁边立着好几块板子，上面是用毛笔写的招工启事，中间还夹着张笔墨新鲜的菜单。

“想找啥工作啊？”大爷坐在书桌前，从抽屉里翻出张瓦楞纸板铺在桌面上。

单鞘来了兴致，蹲在他旁边，低头想了想：“就写‘生活艰难，来活就干’吧。”

大爷淡淡瞥了她一眼，啥也不问，闷头研墨。

单鞘见他讲究，也不打扰，自己坐在后面的台阶上，掏出手机准备给唯怡发短信。

刚滑开锁屏，视线里就出现一双穿着老北京布鞋的脚。

她抬头往上看，是个年轻男人。板寸头，深窝眼，穿着一件白色短袖马褂，人站在摊子前，也不说话，等着大爷研完墨抬眼，他轻轻叫了一声：“周爷。”

“写板子啊？”

“是，坊里添了新活儿，缺人手。”

周爷点头：“等着，手里还有块板子。”

“行。”年轻男人聂山南应了声，身子往单鞘面前一站，觉得不对，又往右边挪了两步。

单鞘眼睛落在他的背影上，跟着他挪了挪。

聂山南回头，不解地看着她。

单鞘讪讪一笑：“太阳照着眼睛疼，你给挡挡呗。”

话听着就无耻。

聂山南却没什么反应，扭回头，两三秒后，又往后面退了两步，把单鞘整个笼进阴影里。

周爷板子写得很快，单鞘拿在手里，游龙走凤的几个字下面还有排小楷字：正经人干正经活儿。

单鞘“扑哧”笑出声，被周爷一瞪，没敢多作声。

单鞘付钱的时候，周爷说什么也不收：“工作落下来了再给也不迟。”

单鞘这下有些为难，眼睛在周爷跟聂山南身上来回转。

“周爷的规矩，这条街上的人都知道。”聂山南开口解释。

周爷又翻出一张纸板，问聂山南：“内容跟以前一样？”

“一样。”

“听说贺老师要回来了？”周爷手里握着笔，一笔一画笔锋尽显。

聂山南谦卑地站在他身边：“是，市里组委来了好几次电话，要他一定出席。”

“他身子骨好，爱折腾，前两年还爱跟我一起喝喝茶，这两年就不愿意待着了，喜欢跳跳舞，越活越年轻了。”

聂山南轻笑：“是件好事。”

周爷提笔：“这几天怎么不见小水北？”

“出差了，今儿下午就回来。”

“前些日子我打坊门前过的时候看见他跟个女娃娃说着话，逗得人家脸都红透了。说到底年纪轻，有些事儿做起来没轻没重，你平日里多管管。”

“会的。”

……

两人说着话，单鞘插不进去嘴，只好把钱收了回去。

对面茶馆的位置被人占了，单鞘找不着空座儿，包往地上一放，还坐在台阶上。

她低头滑着手机，总觉着有人盯着她，抬头的时候却寻不到人。一来二回的躲猫猫游戏让她有些烦了，索性走回书桌旁边跟聂山南并肩站着。

“哪里写得不对？”周爷望着她手里的板子问。

“没，写得很好。”

周爷又问：“拿过针线没？”

她答：“拿过。”又说，“小时候裤子破了自己缝的。”

聂山南看着她，一丝笑意藏在嘴边，没敢牵扯出来。

周爷摇摇头，手里握着的笔不停。

巷牌底下有吵闹的声音。

周爷的摊子靠街头，跟巷牌离得不远，一点儿动静就能听着。

那里围了好几个人，起初是争吵的声音，再两分钟，就听见女人的哭号声。

单鞘抻长了脖子往那边瞧，围着的人群里，依稀能看见一个男人在和女人拉扯。

“喂！”她吼了一嗓子，然后人冲了过去。

周爷皱着眉：“你去看看。”

聂山南跟在单鞘身后，没赶得上，单鞘已经挤进了人群。

人群的包围圈里，女人跪坐在地上，手里拽着男人的裤腿不撒手。

“那是娃娃救命的钱，你拿走了医院就不给治了。”

男人挣脱不开，急了眼，一个巴掌甩在女人的脑袋上。女人凌乱的头发下一双眼睛已经哭得通红，手还扯着男人不肯松。

围着的人指指点点，有知道缘由的人说，女人带着个孩子跟男人再婚，一个月前孩子被沸水烫烂了半个身子，现在正躺在医院里等着拿钱治病，男人却起了心思偷钱去赌。

有人去拉地上的女人，女人摇头：“不能起来，起来他就跑了，娃娃就没命了。”

男人踢她：“又不是我的娃，管他龟儿子是死是活。”

单鞘看不过眼，已经做好大不了打一架的准备，人一动，手腕就被谁抓着了。

聂山南把她拉到身后："我去说。"

单鞘怔神，片刻后反应过来，点点头。

他的肩膀很宽，肩线像压着什么东西微微下斜，风吹进马褂里变得鼓鼓的，像个扛着兵旗上战场的厨子兵。

想到这里，她乐得笑出了声。

男人不依不饶，女人不肯罢休，聂山南两边劝不下，眉头深蹙。

单鞘摇头叹气，软的不行只能来硬的。

她走近聂山南，拍拍他的肩膀，晃着手里的手机："我已经报警了，警察说马上就来。"

聂山南盯着她，随即应她："好。"

男人没想到这事儿还闹来了警察，慌神之下扔了钱就跑，走之前还不忘对两个人说了句狠话。

单鞘耸耸肩："赤脚的不怕穿鞋的。"

男人一走，人群也散了。

单鞘蹲在女人的身边，想安慰她，手抬在半空又缩了回去。

单鞘站起身，跟聂山南坦白："我没有报警。"

"我知道。"

她有些诧异：“你怎么知道的？”

聂山南拉起那个女人，转头问她：“你带了纸跟笔吗？”

单鞘从包里掏出纸笔递给他。

聂山南接过来，写了一串号码给女人：“要是有困难就打这个电话。孩子还等着钱治病呢。”

女人弯腰谢过两人好几次才匆匆跑开。

聂山南把纸笔还给单鞘，转身往回走。

单鞘跟着他，又问：“你怎么知道的？”

聂山南停下脚步，看着她：“你的眼眶是红的，真的报了警的话，怎么会这么没有底气？”

单鞘咬着下嘴唇，有些丧气。这些年的老毛病，不管见过了多少人，走过了多少地方，依然没改掉。

周爷瞧见两个人回来：“解决了？”

聂山南点点头：“多亏了她的帮忙。”他望着跟在身后的单鞘。

单鞘垂着头，手机嘀嘀作响。

“板子写好了。”周爷说道。

“辛苦了。”聂山南微微一笑。

“贺老师什么点儿回来？很久没跟他喝两杯了，怪想的。”

聂山南把地上的板子立正：“我问了他，没说。”

周爷人往后仰，背贴在椅子上，抓起旁边的蒲扇晃啊晃：“老顽童。”

聂山南没说话，把板子全部立好，这才告辞。

周爷微眯着的眼睛落在旁边的单鞘身上：“丫头。”

“啊？”单鞘一边回着消息一边答应着。

“来旁边坐着等雇主上门啊。”

单鞘抬眼，才发现聂山南已经不见了人影。她晃了晃手机：“找着雇主啦。”

“什么工作？正不正经？”

“正经，绝对正经。”

周爷这才满意，微微合着眼准备小憩。这会儿阳光正好，穿透树枝绿叶星星点点地落在裸露在外的皮肤上，让人惬意。

“周爷，你知道南川坊怎么走吗？”

周爷伸手往里指着：“走到头就是了。”

“行。工作找着了，钱给您放下啦。”说完，人就跑了。

周爷在砚台下发现了她刚放下的红票子：“钱给多了！”

单鞘挥手：“明天还来。”

蒲扇往桌子上一扔，周爷瞪着眼：“哪里的正经工作按天算的！”

2.

单鞘沿着街道一直走到头，才看见南川坊的牌匾。

听说是清代时候留下来的院子，灰白色的砖墙看上去年代更加久远，门前左右两边各立着一座石狮子，被百年的雨水冲刷后，已经看不见最开始威风凛凛的模样。

从坊门外往里看，是两座衔接着的三层小楼，房顶上铺着雕青的瓦片，第三层左右相通，开出一片小阳台来，再往下看得就不是很真切了。

一条短信进来。

唯怡：“刚在外面碰上当家的，你到了就直接进来。”

单鞘收了手机，叩叩门，走了进去。

走进去才发现，院子里别有洞天。

三层小楼后面是木头搭成的水桥，两边种着不少花，土壤是新翻过的，染着新泥的锄头就放在一边。绕过水桥再往里走，经过葡萄藤架后看见的是片小小的空地，墙边放着几个染缸，新染成的布料晾在支在空地里的木架上。

单鞘摸着新布，还能闻见一股淡淡的葡萄味。

“单鞘！”唯怡站在空地另一边的门拱下朝她招手。

唯怡穿着高跟鞋，跑起来有些别扭。她冲过来的时候，单鞘怕极了她会摔倒。

“有没有想我啊，我可想死你了。”唯怡捧着单鞘的脸上下蹂躏，左右看了看，“黑了些，明天让江湖去把非洲的太阳打下来。”

单鞘推开她的“魔爪”：“小祖宗，后羿不会支持你这个想法的。”

唯怡拍头：“我也不会真让他去那么那么远的地方。”她伸手比了好长一段距离。

单鞘被她萌得没有办法，附和着她：“嗯嗯，他要是真去了，不用你说我就先打断他的腿。”

两个人笑着拥作一团。

寒暄了半天，单鞘指着院子问：“大户人家啊？”

唯怡正经起来：“算是吧，传了几代的绣坊了，听说去年的时候被列为保护遗产，制作出来的绣品在国内也是数一数二的。”

单鞘轻呼了一声：“宝贝啊。”

“不错吧，今天带你来看看这些宝贝。”唯怡拉着她往里间走。

门拱后面，是间古色古香的内室，屋内的摆设很少。四把檀香木的八仙椅两两列在房间左右，两张桌子各参其中。

一个男人蹲在地上调试着收声筒，唯怡叫他“五哥”。

“五哥，聂当家的来了吗？”唯怡问。

“来过了，现在说是弄茶点去了。”

单鞘觉得老派，问唯怡：“当家的是个老人家？”

唯怡摇头：“听说是二十多岁。”

单鞘不可思议：“你确定？”

“确定啊，听我们社长说，当家的四年前接手南川坊的时候刚刚大学毕业不久。”

单鞘不敢想象。

亲手种下院子里的花、待客时准备茶点的人是个二十多岁的男人。

“久等了。”低哑磁性的声音被屋外的清风送进来。

单鞘微微侧头，只看见半张脸，刀刻般的下颌线像十二月大雪覆城时的冰冷，此刻万物寂静。

半隐半现的光影里，她认出这个人。

“你好，聂山南。”他伸出手，跟五哥礼貌握过手，又对着唯怡微微点头，一切看起来恰到好处。

唯独落了单鞘。

头顶刚刚扎起的小辫儿被她放了下来，扒拉两下给捋直顺一些，一张小脸仰起来，凑到唯怡旁边。

她动作太大，连埋头收拾器械的五哥都看见了，可是聂山南还是没有反应。

“喂！”她叫住沏茶的聂山南，“你不认识我啦？”

她表情严肃，问得特认真。

自己晒的玫瑰干花，泡出来的茶花香味淡淡的，入口的时候还有些涩。

聂山南给唯怡、五哥一人斟了一杯，最后一杯双手奉给单鞘。

“认识。”

唯怡碰了碰单鞘靠在她肩膀上的脑袋，眼睛转溜一圈：怎么回事？

单鞘缩回头，腰挺得直直的，手里捧着微烫的茶杯，嘬上一口，口腔里迅速被清香的味道填满。她小腿微微一跷，人瘫进八仙椅里，没搭理唯怡，眼睛就跟着聂山南。

沟通好采访流程，唯怡松了一口气。

“人挺好的，什么都愿意配合。”唯怡一边顺着采访稿，一边跟单鞘说着话。

第一次出外景，没啥丰富经验，就怕碰见不好对付的人。

单鞘调试着摄像光圈，这时候太阳就挂在前院的葡萄藤架上，光照强，就怕拍出来的成片曝光。

“是挺好的。”她下意识地回答。

唯怡绕到她面前：“老实交代，你跟他怎么回事？”

单鞘试拍一张，觉得不错：“刚才在街上打了个照面。”

“就这么简单？”唯怡不信。

“就这么简单。”

南川坊做的是刺绣生意，手艺从民国时候传下来，到聂山南身上不过第四代而已，反响却不小。南川坊里的工人大多是曾经失业的中年妇人，拿针这种事儿信手拈来，可要是想绣出一幅好图来，就显得有些难了。

所以，不过接手南川坊的第二年，聂山南就做了一件出乎所有人意料的事儿——自己出钱办了培训班，包食宿，手艺也是免费教。

外人都说聂山南心大，这要是学了手艺接了外活儿，不就赔了夫人又折兵嘛。

聂山南却跟听不见似的，院门一关，人往绣桌前一坐，左右两针，问：“看明白了吗？”

培训班刚开，只有四个人，两两各站一边，回答：“看明白了。”

后来培训班收的人越来越多，刺绣间扩了扩，生意也越做越好，那些看好戏的外人才闭了嘴。

采访很顺利。

唯怡让单鞘多拍两张照片备用，然后就被社里叫了回去。

墙上挂着的刺绣品很多，总归离不开花鸟虫鱼几样，单鞘见识得少，一幅作品仔细看了半天才敢按下快门，再一看，总觉得没抓着精髓，删掉再来。

“拍得挺好看的。”

“嗯？”单鞘翻看着相机里的照片。

“我觉得拍得挺好的，怎么删掉了？”聂山南又重复一遍。

单鞘翻出一张给他看：“色彩不对，这时候的光照太强，要是柔和一点的光，拍出来的芙蓉花才好看。”

那是幅《芙蓉鲤鱼图》，画面里盛开的芙蓉和嬉戏的鲤鱼，生机盎然，又充满情趣。

聂山南点点头，走出刺绣间，回头说：“要到晌午了，一起吃个饭吧。”

他走下台阶，等着房间里的单鞘。

太阳正挂在天头，院子里的树上蝉鸣声叫得人脑子里嗡嗡作响，单鞘扣上镜头盖，跟在他身后。

简单的两菜一汤，聂山南摆上碗筷，说：“菜是自家院子种的，很甜。”

单鞘吃了一口，味道很淡：“你放盐了吗？”

聂山南坐在她对面：“放得少，吃不惯？”

单鞘摇摇头，接过他递过来的汤，再尝一口，还是淡。

她埋着头偷偷看聂山南。人坐得直直的，一双深窝眼半垂着，目不斜视地一口饭一口菜，老派的样子让她误以为对面的人已经是个花甲老人。

轰隆隆的声音在天边陡然炸起。

单鞘被吓得一哆嗦：“要下雨了？”

聂山南收拾着碗筷，淡淡地答她：“最近天变得厉害，该是要下阵雨了。”

单鞘想着这时候光照弱，立即挎上单反相机，一脚踏出了房间。

乌云迅速占据了刚刚还万里无云的天空，像一面巨大的幕布将万物包裹，院子里的树被吹得沙沙作响，头发也被吹得凌乱。

一滴雨落在肩上。

她一手挡在额前，相机包被她抓在怀里，狼狈地往刺绣间跑去。

身后有重叠的脚步声。

一把伞落在她的头顶。

耳边轻柔的声音里还藏着一丝懊恼：“下着雨你跑什么？”

单鞘咧嘴笑：“去刺绣间拍照啊。”

雨来得急，这一会儿的工夫就落成了个小水坑，一滴雨掉进去，绽成了朵小水花。

聂山南抓着伞，视线落在单鞘被雨水淋湿的头顶。

他说：“我送你去。”

人被拢进伞里。

两人被雨水逼得紧靠在一起，单鞘觉得心脏都漏跳了一拍，连呼吸声都变得微小。

备份照片拍得很快。

从南川坊出来，单鞘拦了一辆车去天府大道，路上接到江湖宿醉醒来后打来的电话。

那头对昨晚没去接机的事儿点头哈腰一再道歉，单鞘等他说完，半天没动静。

“单鞘，你说话。”江湖觉得头疼。

“说什么？”单鞘哼出一句。

江湖彻底蔫了：“我真错了，姑奶奶您高抬贵手放过我吧。”

单鞘憋不住了，“扑哧”笑出来：“行了，我要吃火锅。”

“整个店都给你，你吃垮都成。”

下了车，单鞘停在一幢大厦前：“那成，晚上我就来收店。”

挂掉电话，单鞘乘电梯一路往上到达律师事务所门前。

“单翘？”周原看着眼前背着相机包的女生问。

“我是。”单鞘点头。

“还是个小姑娘。”

单鞘低头笑：“周叔叔。”

周原第一次来电话的时候，单鞘在赞比亚正跟着一个纪录片节目组拍摄象群。

隔着五个小时的时差，那边说，蹇小芳乡下的房屋拆迁，需要亲属签字。

“她还给你留了些东西。”办理完拆迁手续，周原带她去办公室。

他在文件柜里翻找了好一会儿，递给单鞘一个密封文件袋。

“本来是要在你大学毕业时交给你的，但是没想到跟你失去了联系。”

那时候她拉着江湖坐上开往俄罗斯的火车，电话卡被她扔在候车室的垃圾桶里。

“后来我们联系上了你的朋友，江湖。”

单鞘拆开文件袋，里面放着张存折和指节厚的保险单。

“老太太真有意思，连婚姻金保险都帮我买上了。”单鞘一张一张地翻看着保险单，那些她听过的没听过的保险都在其中。

文件袋的最下面，是一支录音笔。

单鞘打开播放键，里面有稀稀拉拉的说话声。

“这是你给她的？”单鞘问周原。

周原点点头，然后把办公室留给了她一个人。

门被周原给带上，单鞘自言自语：“也是，老太太连字都不会写，这玩意儿倒是挺方便的。”

“这就可以说了？”录音笔里传来老太太的声音，旁边的人跟她大概解释了用法，老太太连说“明白，明白”。

录音笔里又传来一阵缓慢的脚步声，单鞘想，老太太应该是找了个没人的地方坐了下来。

“喂？”苍白干瘪的声音在偌大的办公室里响起。

“听不听得见啊这玩意儿？”

单鞘轻轻地笑：“听得见。”

那边咳嗽两声，说：“丫头啊，我活到这把年纪了，没想到有一天还会有话不敢当着你的面说，老婆子我是没啥出息的，你爸也没有，所以你有没有出息都没关系，活得快快乐乐的就行，知道不？”

抓着录音笔的手紧了又紧，单鞘望着窗外，阵雨后的天亮澄了不少，她应着：“知道。”

“存折是你爸留给你的。他从小就不听我的话，要搞艺术，搞来搞去饭吃不饱，最后连命也搭上了。当初周律师给我打电话的时候我就在想，连吃的米都是我自己种了给他送过去的人，哪里还会有积蓄？这些钱是他一分一分攒下来的，给你做嫁妆怕你被人欺负用的。

“可是他傻，女人活一辈子，哪里只有嫁人才算事儿的？磕了绊了得看医生，生病了得吃药，开心了要笑，不开心了就哭一场……他是没活到我这个年纪，所以啥也不懂……我想了十来年也没想明白，他怎么就没能活到我这个年纪再死呢？”

单鞘觉得鼻子很酸。

单鞘很小的时候，妈妈就过世了，小学填信息表的时候她甚至不知道妈妈的名字。温柔的女老师蹲在她身边，问：“那爸爸的名字呢？会写吗？”

她点点头，用错误的握笔姿势一笔一画地写下“单莫”两个字。

女老师安抚她：“小单翘好棒。”

她知道她一点也不棒，她记得爸爸的名字，可是已经记不起那张脸是什么模样了。

单莫一直很忙，他好像永远有出不完的差。小小的单鞘被他交托给各个朋友，每一次单鞘刚刚记住爸爸这个朋友的家的地址时，又要打包好行李去另外一个朋友家。

童年时期的颠沛辗转一直到十岁那年才结束。

系着围裙的蹇小芳在某个星期五出现在教室后门口，在环视一圈后，她扯着大嗓门问台上的男老师问：“单翘坐哪儿的啊？”

男老师指着教室角落里的单鞘，蹇小芳两步跨到她面前，一巴掌拍在她脑袋上：“宝器，这张嘴长着光用来吃米的呀，看不见黑板跟老师说啊。”

那天下午，蹇小芳在校长办公室大闹了一场，原因是班级换座的时候身材矮小的单鞘永远被安排在最后一排。

“走，咱乡下学校也能教出大学生来，不在这见钱眼开的破学校待了。换个座儿还要送礼，我送你一篓子大便！”

蹇小芳一路碎碎念，拉着单鞘回了乡下。

单鞘喜欢蹇小芳，满嘴脏话的蹇小芳看起来很酷的样子。

“酷个屁，你可不能学，不然我打断你的腿。”蹇小芳威胁她。

“蹇小芳。”吃完面条的单鞘无聊，蹲在水井边上瞧蹇小芳洗衣服。

蹇小芳对小人儿直呼她姓名的行为没有丝毫的怒意，就是瞅着她的时候有些不大高兴。

“有屁就放。”

“我爸呢？”单鞘托腮。

搓衣服的手停顿了好一会儿，才有“死了”两个字传来。

好巧不巧，蹇小芳一个臭天屁放出来，单鞘被逗得咯咯直笑。

跟往年的回答一模一样，她以为蹇小芳依然只是在说气话。直到第二年的春节，蹇小芳一脚把她踢跪在一座墓碑前，让她朝那抔黄土磕头作揖，蹇小芳鼻涕眼泪爬满了整张脸，她才知道，她爸单莫真的死了。

“东西全部物归原主，我总算轻松了些。”周原送单鞘到大厦外。

单鞘看着跟单莫差不多年纪的周原，此刻偷偷在想，要是单莫还活着，是不是也跟他一样两鬓间有了白发。

“周叔叔……”她想问，单莫当年有没有留下什么话，给蹇小芳的，或者给她的。

周原猜到她的心思，安慰在这时候没有用处，他原话重复：“他说你是他的整个世界，他一直爱你，永远爱你。”

单鞘冲周原挥手。

她的身后曾经有过单莫和蹇小芳，所以她知道，她跟世间所有人一样，被爱包裹着，生命被长度衡量，可是爱的重量沉在心底，永远不被谁抹去。

3.

蹇小芳是在单鞘大三那年去世的。跟单莫一样，烧炭自杀。

那时候单鞘被学校推荐去北京参加全国摄影比赛，回酒店的时候她特意给蹇小芳打了通电话报喜讯，老太太难得夸了她两句。

美滋滋的单鞘抱着奖杯从北京赶回成都，易尔舢抱头正坐在她家院子里，口吃的少年慌乱之中好不容易讲出一句完整的话来。

奖杯摔落在地。

单鞘站在扣上锁的大门前，她抬头，觉得好奇怪啊，太阳还没有下山，天怎么就黑了呢？

“老太太没福气，那是我人生赚的第一笔钱，没享用上。”单鞘从冰箱里又翻出两瓶啤酒来。

江湖拉着她：“你少喝点儿，旁边客人还没散呢，你待会儿又发酒疯。”

单鞘一记飞腿，大言不惭道：“这个火锅店都是我的了，我发酒疯又怎么着？”

江湖说不过她，做了个“请”的手势，一切由着她。

易尔舢喝得有些醉了，连脖子上都红了好大一块儿：“你别喝，我来喝。”

江湖挑眉：“哟，好东西，这酒还能治口吃的毛病。”

“滚，叫你一直劝他酒。”单鞘拿牙直接开了瓶盖，旁边桌两个露着膀子的男人冲她叫好，江湖一个眼神给瞪了回去。

易尔舢扒拉着又来捞酒，单鞘一个回躲：“你别喝了，这个人，”她指着江湖，“有老婆照顾不了你。我，”她又指着自己，“我也不会照顾你，你哪儿来的回哪儿去。”

易尔舢摆摆手：“听不懂，听不懂。”人就晕了过去。

“没出息。”单鞘推开靠在她胳膊上的脑袋。

江湖两手抱在胸前，对她嗤之以鼻：“人家没出息你还喜欢他好几年？单鞘，你才是没出息的那一个。”

单鞘把酒推到江湖面前：“年少无知，蠢钝如猪。”

少年时候的喜欢，被自卑打败。

单鞘看着醉酒睡去的易尔舢，才惊觉爱意真的不是万能的，她曾经苦苦追在他的身后，他的回避远比拒绝更残忍。

老友久别相见，单鞘喝得不亦乐乎，最后傻乎乎地坐在地上，抱着桌子腿不肯撒手。

聂山南进火锅店见着的第一眼，就是单鞘头上顶着半个西瓜皮，对着桌子腿吧唧了好几口，还问无辜的桌腿她好看不好看，没得到回应，她爱意生恨意，手掌对着桌子腿儿又是呼呼好几下。

挺好玩儿的。

聂水北跟在他身后，见他不动，探出头往里瞧。

这妞儿疯了吧？

“哥，她这脑子是不是有病？”聂水北发出疑问。

聂山南没回答他，上前把地上的单鞘给捞起来。醉了酒的人好像被酒精侵蚀掉了骨头，浑身软绵绵的还站立不住，整个人挂在他身上。

“你是谁呀？”单鞘贴在聂山南胸膛里，晕乎乎的脑袋里蹦出个奇异的画面，好像在教堂，威严的神父宣布礼成，新郎可以拥抱新娘。

披着头纱的新娘，就是自己。

单鞘睁开眼睛，视线模糊，双手撑开眼皮，望着聂山南乐呵：“老公呀！”

聂水北暴走：“你瞒着我结婚了？你铁树开花要给别人当老公了？”

聂山南有些混乱。

刚巧从卫生间出来的江湖脑子炸开，单鞘这个死丫头，又在发酒疯了！

“不好意思，不好意思，喝醉了。”江湖把单鞘给捞了回来，把她丢进沙发里，转头问聂山南，“两位要吃什么锅底？”

聂山南怀里一空，想起来这儿的正事，跟江湖去吧台订过两天公益班聚餐的桌儿。

本来趴在沙发里的单鞘“噌”的一声坐了起来，人摇摇晃晃的，闭着眼嘴里瞎囔囔。

聂水北蹲在她面前，一只手在她眼前晃了晃，手被她抓了个正着。

“急急如律令！”她嚯嚯两下，一指点在聂水北额间，“妖魔鬼怪快现形！”

聂山南听见声音侧头看过来，正见单鞘抹了口水的手指在聂水北额间循环画圈。聂水北呆滞得不敢动弹，害怕这个女人会对他做出更过分的事来。

“姑奶奶你消停些吧！”江湖双手扣住单鞘，没想到单鞘鬼机灵，从他跟沙发的缝隙间溜了出来。

微微睁开的眼睛里带着火气，江湖抓得她手腕疼，她瞪着火锅店里的人，瞅谁都不乐意。

哦，除了那一个，站在吧台那儿的那一个。

嗒嗒的脚步声朝聂山南而来，单鞘伸出手给他看：“他抓得我好疼呀。”

一张红红的脸委屈起来怪可怜的，聂山南鬼使神差地握住她两只手：“吹吹就不疼了。”

单鞘用力点点头：“你吹吹。”

聂水北觉得他哥可能疯了，万年的老光棍居然会心疼女人了，还是个漂亮女人。

画面太美，江湖不敢看，侧过身子瞧见还趴在桌子上的易尔舢，觉得单鞘丢人丢大发了。

“哎。”聂水北蹿到江湖面前。

“？”江湖一脸无辜地看着他。

聂水北指着单鞘：“你女朋友啊？”

“别别别，我消受不起。”他想起刚认识单鞘那会儿，她天天跟在他屁股后面管他叫哥，“她哥，我是她哥。”

聂水北朝江湖伸出手，没回应，于是他一把抓着江湖的手：“那是我哥。我觉得吧，他俩这事儿能成，以后咱俩就是亲家。”末了，还特响亮地管江湖喊了声“哥”。

单鞘醒来的时候江湖正蹲在她旁边啃猪蹄，举起一根到她面前：

“吃不？”

宿醉一晚，见油星子就想吐，她摇摇头往后躲，手撑在地上冰凉凉的，反应过来后冲过去揪着江湖的头要往桌角上磕：“你就让我睡地上啊？我一单身小姑娘要是着凉了谁照顾啊？”

江湖嗷嗷直叫，危急时刻脱口而出：“找你老公去啊！这下就不只是给你吹吹了，还亲亲抱抱举高高呢！”

单鞘：“？”

江湖把昨晚的事儿添油加醋地讲给她听，中间易尔舢醒来，被江湖打发着打了盆凉水来。

“来吧，洗洗脸，去见你老公吧，没准今儿就能把婚事定下来。”

易尔舢抱住捞起凳子要砸江湖的单鞘：“冷……冷静点。”

单鞘对着江湖狂啸：“来体体面面地打一架啊！”

江湖把她的东西往门外一扔：“行了行了，这个一日店老板你也体会够了，快滚吧快滚吧，老子还要做生意呢。”说着就把单鞘跟易尔舢一起扔了出去。

捡起背包的单鞘拍了拍染上的灰尘，易尔舢就站在她旁边，她心里不舒坦，站直了腰盯着比她高一个头的易尔舢。

“一二三。”啧，没出息，气势就没比过人家的身高。

易尔舢正面对着她，跟以前一样，脸上挂着副假兮兮、骗了她好多年纯真感情的笑容。

单鞘深吸一口气，滔滔不绝：“这些年我在外面谈过一个男朋友，英国人，比你高比你帅，但是没你对我好，还劈腿，那天早上我去找他的时候他跟那个女人正躺在床上拆安全套，我把他俩揍了一顿，然后就跑了。”

易尔舢皱眉，他往前想拉着她的手，可是被她躲开了。

单鞘仰着脸，她的眼睛亮晶晶的，易尔舢没见过这么好看的一双眼睛，遇见她之前没有，遇见她之后也不会有。

她说：“一二三，咱俩认识这么多年了，我喜欢你这件事儿不是秘密对吗？”

她依然问他，昭然可见的答案在年少时候就像一颗种子在两个人肩挨着肩的微细距离里种下了，可是他明明看见了却还是假装着什么都不知道一样对她好。

“你别看我一整天风风火火的，可是我心里什么样子你跟江湖一样清楚吧。我爸的事儿你也知道，我是罪人的女儿，你觉得自己有缺陷，所以我最后一次问你，我们能在一起吗？”

彼此都不是被金光镀过的人生，前半生就这样了，可要是我们相互依靠，也许以后会不一样呢。

他们曾经被其他的孩子逼在角落里，羞辱她杀过人的爸爸，嘲笑他的口吃。那时候他们紧紧抱在一起，捂住对方的耳朵不去听那些在他们身上划出血印的恶言恶语。

单鞘以为，他们可以这样一辈子。

易尔舢没有开口。

他只是看着她，那些闷在心里的话好几次冲破喉咙就要脱口而出。握紧成拳的手心里流出血，他把手藏在背后，断断续续地说：“单鞘，我们的人生不一样的。”

你的人生只是被人蒙上了一层写满了你父亲错误的纱而已，那是跟你无关的，是用剪刀就能剪开的。可是我不一样，就算当年我从煤灰里被救出来，可是那些黑色的粉末已经长在我的身体里，跟我的血液融合在一起了。

你是鲜活的、亮丽的，我不想再给你的人生蒙上一层黑色的纱。

“行。”单鞘摸着包，头也不回地走开。

她的声音远远飘来，轻轻落进易尔舢的耳朵里。她说：“你做得很好啊一二三，你把我这么多年的感情杀了个痛快。”

PART 02

你听，你的心
在我的体内跳得多快呀

ZHAI XIA XING XING GEI NI

1.

单鞘有些愁。

除了乡下被拆迁的房子，蹇小芳还另外给她留了一处房产。周原告诉她，是单家的祖宅。

蹇小芳年轻的时候被人骗婚，不欢而散后被后母送到了一户人家儿子的床上。大户人家的儿子刚刚丧偶，她一个穷人还被人骗过清白，这次嫁得不丢脸，还算得上高攀。

“你家老太太不简单啊单鞘，没想到你家坟头还冒过青烟呢。”电话里传来唯怡噼里啪啦敲键盘的声音。

单鞘撑着头，对面前的一片半人高的杂草无从下手。

“我祖上坟头的草也还挺高。”单鞘无奈。

“没事儿，还有半个小时下班，我一定马不停蹄地赶过来。”

宅子荒废了快二十年，要不是现在日头正高，单鞘觉得这宅子用来做鬼屋都绰绰有余了。

挂掉电话，单鞘挽起袖子除荒草，忙活了好一阵儿，汗水顺着额头滴在地上，在灰色的石头上开出朵小花。

单鞘爬上洗衣池清理院墙上的杂草时才发现旁边还有户人家。篱笆围成的小栅栏里还栽种着新鲜的蔬菜，搭成的简易木棚里挂着摇摇晃晃的西红柿。

她正口干舌燥，盯着那片西红柿出了神。

“小嫂子。”

轻佻的声音绕过院墙传进单鞘的耳朵里。

木棚外站着个男人，手里的西红柿啃掉了一半，一脸邪笑着看她。

单鞘：“？”

她指了指自己，好像听见了一群鸦飞过的声音。

男人从短裤兜里掏出手机，快速拍下单鞘被汗湿的脸，嘴里嘟嘟囔囔着什么，发给刺绣间的女工，叫女工把照片拿给聂山南看，然后收起手机问单鞘：“旁边宅子是你的啊？”

单鞘点点头，眼睛还望着他手里的西红柿。

“想吃啊？”男人问她。

再次点点头。

“想吃就翻过来啊。你本事还挺大，为了我哥连旁边房子都买下来了。”男人的声音越来越小，以至于单鞘只听见他诚挚的邀请。

单鞘身手利落，双手一撑人就过来了。

男人摘下一颗新鲜西红柿，在水龙头下冲了冲递给她。

她一口咬下去，身体里的热气散了一半出去。两三口就解决掉一个，果蒂还没扔，旁边又递来一个。

单鞘感恩地看着他。

男人撑着下巴蹲在她旁边：“别客气，这院子都快成你的了，想吃多少都成。”

单鞘一个白眼翻上天，心想人是个好人，就是脑子不太好。

又一个解决掉，单鞘找了个凉快地儿坐下。男人摘了一桶瓜果，提到她旁边，捞出一根黄瓜：“再来个？这个还甜些。”

于是，本来在刺绣间拆线的聂山南赶到后院时，看见的就是聂水北和单鞘一人一根黄瓜啃得正欢快的画面。

“哎，你老公来了。”聂水北戳了戳单鞘的肩。

吃饱喝足，单鞘这下战斗力加载充沛，一手扯着聂水北，嚷嚷着：“来吧，打一架，让你见识见识你爸爸的实力。”

聂水北委屈啊，撒泼带号地朝单鞘后面喊：“救人哪，你老婆要打人了！”

一个巴掌拍上聂水北的后脑勺，单鞘威风凛凛：“再胡说八道，不光你老公、老婆，阎王爷也来见你。”

聂山南被她逗笑。

单鞘回身，才看见木棚另一头的聂山南。

“你……你怎么在这儿？”

聂水北跳到聂山南身后：“这是我家，这是我哥，同等，这也是他家。”

单鞘觉得脑子缺氧。

“不对啊。”周原给她的地址又不是北书院街，怎么就跟聂山南成邻居了？

“这块儿地形四通八达，旁边宅子的大门在杏子街上，后门在北书院街。”聂山南解释着。

单鞘眼珠子在聂山南和院墙间转悠，她得想想该怎么跟江湖解释她跟她的“老公”成了邻居。

“单鞘你是不是跟聂当家的真有一腿儿？”唯怡听完单鞘刚刚的奇遇，发自肺腑地问。

“鬼的有一腿儿！我那是喝醉了做春秋大梦押了个老公回山头，做梦呢知道吗？”单鞘推着手推车，停在百货区前挑厨具。

唯怡顺手捞了一袋薯片：“那没关系，咱们努努力，让梦变现实。”

单鞘丢给她一个白眼，手里的菜刀蠢蠢欲动。

“你想啊，聂当家的人帅又有钱，就算结婚这事儿成不了，谈个恋爱又不会掉你一块肉。当初听说要去采访他，咱们社里好多年轻姑娘往社长办公室挤破了头，这块香饽饽分不得才落在我这个已婚人士头上，这不是天赐的机会让我拉拉线嘛。单鞘，咱们可不能违背天意啊。”

鬼的天意，我还神的旨意呢！单鞘心想。

从超市采购出来，太阳正落山。

两人驱车回单宅，单鞘打开门的时候傻了眼。

“嘿，你还挺能耐的，一个下午就能捯饬干净。”唯怡望着干净得像有十个仆人打扫过的院子冲单鞘竖起大拇指。

单鞘抓着唯怡的手，有些惶恐地说："咱这院子要不是进了贼，那就是来了个'海螺姑娘'，我出门的时候那草还跟我祖上坟头的草一样高呢。"

唯怡瞥见院子后的身影，宽慰她："你放十个心在肚子里吧，这世道还没温情到小偷还会替主人家打扫卫生的，你看那儿，那个漂亮的'海螺姑娘'过来了。"

漂亮的"海螺姑娘"手里还抓着块抹布，见着单鞘朝她微微一笑，笑得单鞘恨不得立刻把他押回山寨做"夫人"。

"本来是想给你送些水果来，后门没锁就进来了。"聂山南解释着自己出现在这里的原因。

唯怡不怀好意地问："聂当家的今天不忙啊？"她指着院子，"有闲心，有闲心。"

聂山南说："顺便而已。"

唯怡偷偷掐单鞘的肩，使着眼色：人家帮了这么大的忙，你好歹给个反应啊。

接收到眼神讯息的单鞘点点头，她扭头冲聂山南说："那你再顺便请我吃个饭吧，这房子二十年没住人了，瓦斯早坏掉了，我现在饿死了。"

聂山南还在笑，他说："好啊。"

聂山南先走出院子，唯怡扯着单鞘，拿出长嫂的姿态教育她："单鞘你怎么回事儿？人家帮你收拾院子累死累活的，你怎么……"

"唯怡。"

"别打断我，我还没说完呢。"

"我觉得你的提议不错，我努努力，把他押回来做压寨夫人。"

唯怡被她跳脱的思维给吓了一跳："你这是什么逻辑？"

单鞘望着消失在院门口的聂山南，信誓旦旦地跟唯怡保证："你放心，我一定把他给追到手，以后你脸上就有面子了，逢人就夸你妹夫有多帅。"

唯怡摆手："那不用，我老公也挺帅的。"

单鞘问她："你知道江湖十八岁那年还尿裤子的事儿吗？成年人了，还画地图呢，你不觉得丢人啊？"

唯怡反驳她："你闭嘴吧，那还不是你跟人打架打破了头，他在医院忙前忙后连尿出来了都不知道，单鞘你没良心。"

两个人吵吵闹闹，从杏子街绕到北书院街。

唯怡好奇："后门出去不就到了吗？你绕这么大段路干吗啊？"

单鞘瞪她一眼："没看见我脸红着啊！我散散热不行啊？"

唯怡撑头，你还知道矜持了。

半路上江湖来了电话，说今儿没生意一个人在店里饿着肚子。

唯怡走前说：“你去追你的压寨夫人吧，我要回家给我男人做热汤面了。”

晚上的南川坊看起来古味十足。房檐下掌着红色灯笼，悠悠的烛光流进房间里。

单鞘在刺绣间里转了一圈，出来时聂山南正好来寻她。

桌子上菜色不错，比起上次的清汤寡水，这次总算见了点儿辣。

两副碗筷，单鞘好奇：“聂水北呢？”

聂山南拿热水烫过碗筷，换到单鞘的面前：“见合作商去了，晚些才回来。”

单鞘见他动作慢悠悠的，不好意思先动筷，两手放在膝盖上乖乖等着他。

聂山南瞧她乖宝宝的模样，低头轻轻地笑：“快吃吧，不用见外。”

他这么一说反而让单鞘更不好意思了，脑子里嗡嗡地想起江湖谈起她醉酒时候的话，觉得耳根子痒得要命。

一块鱼肉送进她的碗里。

“新鲜的鱼，肉质很嫩，尝尝。”聂山南瞥见她红红的脸，想让她放轻松些。

可是单鞘是个憋不住话的人，鱼肉被她拨在一边，说：“那天晚上我喝醉了，要是说了什么话你别当真啊。”

聂山南点点头，“嗯”了一声。

单鞘瞧他淡淡然的样子，反而有些恼火了。

筷子被她点在碗沿上，聂山南抬头看她：“怎么了？”

单鞘这才发现，他说话的时候带着很重的鼻音，声音听起来有种孩子一样的软糯，听着叫人觉着心生喜欢。

她被他的声音磨掉了脾气。

这听起来让人觉得好笑又荒谬，可事实就是如此，她所有的阴郁顷刻消散掉。

“没啊。”鱼肉被她吃掉，“这个真的好吃哎。”

筷子带落几粒米，聂山南微微皱眉，单鞘把它们捻进嘴里，冲他傻笑。

聂山南摇摇头，带着教育的语气说：“好好吃饭，不要浪费。”

“好。”单鞘乖乖回答，乖乖吃饭。

吃完饭，单鞘趁聂山南收拾的时候一个人摸到后院，人蹲在木棚前，摘了几个西红柿放进短袖支起的兜里，然后跑回聂山南身边。

“我再顺几个西红柿不过分吧？”

聂山南停下手里的活儿，问她：“没吃饱？”

“吃饱了，可是嘴巴寂寞啊。”单鞘心想，我每天来顺几个，过两天把木棚顺走，再过两天就把你顺走。

这个计划好像还不错的样子。

人还在傻笑，兜里的西红柿已经被聂山南拿走。

砧板被取出来，西红柿被横两刀竖两刀切成几瓣，撒上白砂糖，一盘凉拌西红柿递给单鞘。

“饭后甜点，不能吃太多。”聂山南交代她，然后领着她到后院，泡了壶茶，两人在葡萄架下一口茶一口西红柿赏月。

北书院街上的楼房矮，可即使如此，也少见星星。

单鞘叹口气，有些怀念着：“以前在乡下的时候，每天晚上数星星都能数睡着，现在很少看见满天的星星了。”

他们看见的天幕里，只有零星的几颗而已，微弱的光亮像是遥遥望见的灯火，怎么看都觉得孤独。

聂山南侧头看她，躺进藤摇椅里的人只能瞧见半张脸，眼睛望着天，手停在半空一颗一颗地数星星。

“单鞘。”

“啊？”

“有没有人说过你的眼睛很好看？”

单鞘侧过头也看着他：“以前没有。”

聂山南又问她："那现在呢？"

"有啊，你这么问，不就是夸我眼睛好看嘛。"她没皮没脸地顺着他的话自我夸奖。

聂山南愣了一下，然后跟着她笑。

怎么这么有趣呢？

他想，这个小姑娘怎么这么有趣呢？

一定是出生在一个幸福美满、父母疼爱的家庭吧，在温室里长大，然后自由地奔向更广阔的天地，见识过不少的事和人，一切都是新鲜的、未知的，勇敢地去面对，然后自然地接受。

他也想体会这样的人生。

可惜他从来没有机会。

"单鞘。"

"啊？"

"单鞘。"

"嗯。"

你的名字好像有魔力，只要叫一叫，就能让我看见另外一个世界。在那个世界里，我也被父母疼爱，我拥有人生的选择权，不用面对讨厌的一切，我是自由的，我从未被人抛弃。

夜风吹在脸上，聂山南有了浅浅的睡意。

迷迷糊糊里，他听见单鞘的声音。

“聂山南，明天来帮我换锁吧，这种东西我不太会哎。”

他应着：“好。”

“聂山南，明天我还来吃饭好不好？一个人吃饭好寂寞啊。”

他再答应：“好。”

“聂山南，我喜欢你好不好？”

……

2.

南川坊这几天有些忙。

生意添了好几笔，聂山南整天坐在刺绣间，连三餐都是聂水北亲自送过去的。

一张样稿修改了好几次，聂山南总觉得不满意。聂水北受不了整天给他送饭的日子，把最新的一张样稿传真给合作商，敲定了最终图案。

“你说你整天把自己关在这破屋子里，还谈不谈恋爱了？”聂水北坐在案几上，手里抓着副扑克来回翻。

聂山南手里拆着线，沉着声：“以前的生意都是照拂着老爷子的面子对方才愿意跟我们合作，这几天新添了几笔，我们得好好对待。”

聂水北放下扑克：“是，可你也不能总把自己锁在屋子里，外面还有一大堆的事儿等你解决呢。”

说这话的时候，聂水北示意他看窗户外。

木质的窗户正对着后院，那里开出一小片土地，他没事儿的时候总爱在那里转，撒了些种子，这两年他悉心照顾着，慢慢成了个小菜园。

“你再不出去，她连黄瓜藤都要顺走了。”聂水北望着蹲在木棚旁不老实的身影，一副看好戏的样子。

聂山南倒不在意：“随她去，再搭一个就是了。”

聂水北头疼：“你真以为她天天来就是为了你那些烂瓜藤子啊？人一日三餐地来问候，咱家那菜园子早不够她折腾了，这两天一天比一天顺得少，不就是怕那些东西全顺走了就找不着理由来瞧你了。”

聂山南这下抬头，埋久了腰兀地挺直倒是有些疼了。

他站起身来走出刺绣间，单鞘像是感应到一样，冲他挥手。

单鞘嘴里咬着根黄瓜，皱着眉问他：“你这几天是不是故意躲着我啊？”

“没，坊里谈了新生意，忙着绣图。”聂山南站在离她五米远的距离，旁边放着个小水桶，拿着木勺往地里浇水。

单鞘咬一口，眉毛皱到一块儿：“这两天没浇水，这黄瓜都不水灵了。”

聂山南一手扶着腰，脚踩进泥地里往下陷了一陷，他看着木架上有些犯蔫儿的黄瓜，可惜着：“这些蔬果有时候也娇气，水多水少都不行，这两天忙着绣活儿没顾上，倒是浪费了。”

他想了想，又说：“等空了我去你院子里给你搭一个木棚，你自己种着吃。”

单鞘摆手：“别了，我这人就爱吃现成的。你搭了也是白搭，我连自己都懒得捯饬，更别说这些东西了。”

一圈水浇完，聂山南坐进藤摇椅里：“那成，我细心照顾着，你想吃就来。”

单鞘揶揄他：“你不怕我把你整个菜园子搬空啊？”

聂山南笑：“搬空就再种，我不嫌麻烦。”

单鞘点头：“成，我也不白吃，你要是有什么用得着我的地方随时叫我。”

聂山南闭眼休息着，这两天堆的事儿太多，一件一件地在脑子里转着，听着她说话的声音倒是抓住了一件真用得着她的事儿。

“正巧有。”

单鞘蹲在他旁边：“你说。”

事儿小，就是让单鞘再帮忙拍两张照片，方便他新招刺绣工人。

自从接手南川坊以来，他跟外界接触得少，合作这一块一直是聂水北负责，他守着这个绣坊几年倒是把自己守成了个山顶洞人。以前招人手都是找周爷写板子，可是来的人少，他想着换一换方法，结果要快一点、人多一点。

“成啊，包在我身上。”单鞘拍着胸脯揽下这事儿。

聂山南被她的动作吓得红了脸，咳嗽一声:“女孩子不要那么粗俗。”

单鞘笑：“胸是我自己的胸，手是我自己的手，自己摸自己还犯法啦？”

聂山南无法反驳，别过脸不看她。

单鞘咯咯笑着，见他大概真的累了，自己缩到墙角翻回了自己院子。

窗户边的聂水北摇摇头：“再过两天把这墙推了得了。”

接了聂山南的活儿，单鞘往南川坊跑得就更勤快了。

聂水北捞着碗刚洗出来的枣子蹿到她面前：“哎，这活儿你接得可不赖，要是办得不错，我给你包大红包。”

单鞘不搭理他。

怎么能这么世俗呢？情谊值千金，她帮这忙可是因为感情，提钱多俗啊。

聂水北觉得单鞘思想觉悟很高，碗往人面前一推：“那成，那这碗枣子权当报酬了，你要是觉得不够，看上啥拿走啥。”

单鞘眼珠子一转，大言不惭道：“你哥成吗？”

“成啊。”聂水北双手一拍，“我直接打包给你送回去都成。”

两人双手一击，达成某种共识。

饭也在南川坊吃。只是这两天聂山南还在赶活儿，吃的都是阿姨做的大锅饭。

单鞘跟着聂水北在中院转悠，望着排了条小长龙队伍的阿姨们才想起南川坊包食宿。这样一想，聂山南对她好太多了，见面几次均是亲自下厨。

“你可别看着我，我不会做饭。”单鞘想念聂山南的手艺，对大锅饭没兴趣，一个人坐在台阶上，两手托腮望着聂水北。

单鞘叹了口气：“走，去厨房，给你改善伙食。”

聂水北带着她转进小屋里：“你就吹吧，明明是为了聂山南。”

单鞘一个倒拐落在他的背上：“有些话不用说得那么清楚明白对不对？”

聂水北老老实实地闭嘴。

单鞘在厨房里忙活着，没有燃气灶，生火全靠柴。单鞘对这活儿驾轻就熟，人往大铁锅前一站，翻炒两下一盘菜就出了锅。

聂水北手伸进碗里，被单鞘打回："脏不脏啊？"

聂水北委屈啊，嘴一撇，说道："你放这么多辣椒不行，我哥吃不得辣。"

"胡说。"明明他上次还特意炒了两盘口味重的菜，吃得也挺香。

聂水北说："他从小胃就不好，坊里活多了忙得一口饭也扒不上，为了这个医院都进了几次了。"

怕单鞘不信，他逮着路过厨房的做饭阿姨问："刘姨，我哥能吃辣不？"

刘姨盯着盘子里的红辣椒，眼睛瞪得老圆："那不能啊，吃一点点胃里就能烧成火焰山似的，这不要了他半条命啊？"

聂水北眼神问她："看吧，没骗你吧？"

单鞘点点头，盘子递给聂水北："行吧，你解决了吧，过两天我买了小猪崽就不麻烦你了。"

聂水北额头吊黑线，你把我当猪呢？

圆弧形的窗棂被人轻轻叩响。

聂山南抬头，就看见单鞘提着个保温盒趴在窗台上，一手支着下巴，一手抬在保温盒上。

“单大厨亲自做了两道拿手菜，你可得赏脸尝尝。”单鞘绕进刺绣间里，把保温盒一层一层打开。

第一层，清炒豆腐。

“麻婆豆腐。”

第二层，素鸡丁。

“宫保鸡丁。”

单鞘掀开一层便报上菜名，聂山南觉得大概是打开的方式不对，微微愣神。

“我只会这两道菜，但是聂水北说你不能吃辣，我都做的酸甜口味，你试试。”单鞘把筷子递给他。

尝一口，酸咸口味的。

小丫头把盐当糖给放了，量还不少。

“怎么样怎么样？是不是大厨的功力？”单鞘上前邀功。

聂山南神色隐晦地点头，嗓子被盐齁得发疼，冲她竖起大拇指。

单鞘欣喜，抢过聂山南手里的筷子，一边夹菜一边说：“我也好饿啊，这一上午就吃了个红薯，两个屁就把肚子放空了。”

聂山南还没来得及阻止，单鞘已经吃掉一大口。

单鞘：“？”

聂山南：“！”

两人面面相窥着，最后齐齐吐出嘴里的菜哈哈大笑。

单鞘双手抱拳在胸口:“聂大侠好魄力,能受得住贫尼的十斤盐法。”

聂山南回礼：“单女侠妄自菲薄了，你正貌美如花，称得上江湖第一美人。”

单鞘被他夸得心里美滋滋，然后看着两盘菜发愁。已经给聂水北喂过食了，这些他也吃不下了，好浪费啊。

聂山南挪开绣架，从旁边的案几上接了碗热水。每一筷子先放进热水里涮一涮，咸味去掉不少。

生活的智慧啊！单鞘心里暗叹。

一次失败的下厨之后，单鞘每到饭点的时候就守在厨房里，等刘姨大锅炒完饭，她慢慢切菜磕鸡蛋，嗯，今天来个蛋炒饭，省事儿又营养还不用加糖。

聂山南尝了以后，点点头，不错。

单鞘乐了，那以后一日三餐都改蛋炒饭得了。

连着吃了两天的蛋炒饭，聂山南连听见鸡鸣声都有些反胃了。绣图恰好是十二生肖，负责公鸡的女工收尾的针法太乱，请来聂山南帮忙看看。聂山南眼睛觉得迷糊，手抖着下针，最后完工了人直接在大树下吐了。

女工好委屈，拉着一同进来的姐妹诉苦：“我的手艺不行啊，聂当家的都被我绣的图给恶心吐了。”

最后，聂水北看不下去了，特意从荣乐园请了位老师傅回来掌一周勺。单鞘无用武之地，整天缩在刺绣间里拍照片。

也不老实，人总是往聂山南面前凑，一会儿嚷嚷着头疼啊拍不好，一会儿又说光线不好照片成色不行。聂山南把她的花花把戏一样样收进眼里，任她各种闹腾，等她没劲儿，一个人走出房间，不一会儿端进来一碗热腾腾的面来。

单鞘想哭：“你怎么不放丝瓜啊？蹇小芳每次都给我做丝瓜面，我只爱吃丝瓜面。”

聂水北路过刺绣间，听见单鞘号得凄凉又做作的声音，好想撸起袖子冲进去跟她打一架。

聂山南望着外面光秃秃的木架，解释着：“没有丝瓜了。”

“为什么呢？”单鞘问他。

对啊，聂山南也想问，他辛辛苦苦种的丝瓜呢？

单鞘一根面吸进嘴里，味道不错，不想“作”了，咧着嘴笑：“被我吃完了啊。”

又吸了一根，她拍着聂山南的肩宽慰着：“没关系，鉴于我如此不厚道的行为，我可以再给你拍几天照片。”

聂山南坐回绣架前，窗台上吊着灯笼，映着他的脸也红红的。他拿针的手势很好看，不多一分锋利也不少一丝温柔，刺针的动作很快，不像平常人一样的针跟着眼睛走，眼睛落在哪里针便落在哪里。

那根银针好像长进了他的心里，他干净利落的起针落针之间，孔雀的一对翅膀便在殷红的蜀锦上栩栩如生。

微风披着圆月的银光流进房间里，聂山南说：“好啊，成交。”

要是你愿意，每天来都行。

“这些绣图你拍得很好，甚至可以拿去做参展图片了。可是这些照片我是用来招工的，光是这些绣品宣传效果不大，你可以拍拍其他人刺绣时的照片，这样才有说服力。”

单鞘的脸僵了一下，她感觉到眼皮的抽搐。

她想也没想就拒绝了聂山南的要求：“聂山南，我不拍人像的。”

聂山南怔了一下，问她：“你以前也没有拍过？”

单鞘扔掉那半个红薯，脚蹬在地上，泥土盖掉火星子。

她说：“没有。”

聂山南低着头，手里还在翻着照片，想看看能不能抽几张出来用着。可是一张张翻下来，头又开始疼，每张都拍得很好，难以取舍。

单鞘扭过身子没敢看他，听见他渐渐急促的呼吸声，怕他生气，先往墙角边缩了过去。

“聂山南。”她试探着喊他。

“嗯。”淡淡的音节回答她。

没生气，很好。单鞘喘口气。

两个绣姐用完午餐往刺绣间走准备开工，瞧见墙面下的两个人，捂着嘴笑。

聂山南很为难，斟酌再三，他再开口：“单鞘……”

“别。”单鞘打断他，“聂山南，君子不能强人所难的。”

她先断掉他的后路。

聂山南皱着眉，他的一双眼睛本来就深陷，眉头一皱，凸起的纹路能挤死几只苍蝇。

聂山南话断在嘴边，他一言不发地看着单鞘，两人目光相碰，悄无声息之中一场大战开启，最后还是聂山南落败。

他背过手，头也不回地走开了。

聂水北从公益班回来的时候单鞘还缩在墙角边，吃完烤红薯，现在不知道又从哪里找来了个小铁锅，锅里正熬着排骨汤，咕噜咕噜冒着热气，掀开盖子往里扔了几块白萝卜。

菜园子越来越秃，聂水北偷偷估摸着他哥银行账户里的钱够不够给单鞘折腾的。

“哎。”聂水北蹲在单鞘旁边，“收保护费。”

单鞘抬头瞪了他一眼。聂水北不客气：“地是我家的，你吃的也是我家的，收你保护费咋的了？”

“抠门。”她掀开盖子搅一搅，萝卜的香味跟着飘了出来。

聂水北忙活了一整天，闻着这味儿有些受不了，问她：“还有多久能吃啊？”

单鞘护食：“你这个人怎么捞不着我的钱就想捞我的东西吃啊，付钱。”

“可给你脸了，小丫头片子。”聂水北伸手去看，被单鞘一巴掌打了回来。

“别小丫头片子小丫头片子地叫，想吃就叫爸爸。”

聂水北竖起大拇指：“够厚颜无耻。”

托着腮，两只小青蛙蹲在铁锅前等着汤。

聂水北想起回来时碰见抓着照片一脸阴郁的聂山南，想着跟单鞘有关，问她怎么回事。

“什么怎么回事，没事啊。”单鞘捡出火堆里的木柴。

聂水北起哄：“吵架了？”

“没有。”

“闹矛盾了？”

单鞘白他一眼：“你以为我俩是小学生啊？”

因为吵了两句嘴所以闹矛盾了，最后还要班主任讲道理再和好继续做好朋友。单鞘想想就觉得浑身不舒服。

聂水北不信她，双手抱在胸前盯着她，盯得她不耐烦，自己就招了。

单鞘果然中招。

“他说我拍的照片里没人像。”

聂水北以为多大的事儿：“拍就是了呗，至于吗？”

单鞘正了正脸色，语气严肃：“聂水北，我不拍人像，不拍。”

聂水北：“哦，为啥啊？”

单鞘顺口就想接：“关你啥事啊？”可是话还没说出口，自己先产生了一个疑问。

刚刚聂山南怎么不问她为什么呢？

也许，也许他问她就说了呢。

3.

吃饱喝足，单鞘一个翻身爬出了院子。

聂水北咬着半块萝卜，想着这院墙还是不推了，不然到时候四面墙都没了，贼就开心了。

单鞘走出北书院街，肚子有些撑，散散步消食，晃眼就走到江湖的火锅店。

“又来蹭吃蹭喝了？”江湖站在钱柜边上算钱。

单鞘拍拍肚子：“没呢，给你省钱，吃饱了才来的。”

送走一桌客人，江湖叼着烟看球赛，开了两瓶啤酒，再摆上盘花生米。

“单鞘。”江湖一口闷掉半瓶酒，脸上又愁又笑。

单鞘见他鬼附身的样子，手指沾了沾口水印在他脑门上，驱邪。

江湖对她没大没小的行为早司空见惯，扯张纸擦掉口水，说：“一二三他妈今天来了。”

“别骂人。”单鞘皱眉。

“我说他妈，刘女士。”江湖想扇死单鞘。

一粒花生喂进嘴里。

“来就来呗，人家还不能吃火锅了？”

江湖从钱柜里翻出张单子递给单鞘。

上面写着预订十桌，时间是下个月初六。

单鞘瞥了一眼，不咸不淡地问：“刘女士要嫁人了？你这小店摆得下十桌吗？现在搞城市建设，你想都不要想在外面摆桌子。”

江湖恨不得整张纸糊在单鞘的脸上。

“是一二三。”

“哦。”

江湖继续说：“年初的时候刘女士给他张罗着相亲，就在我这儿。那女孩我见过，长得挺好看的，就是手不太利索，听说是小儿麻痹症引起的。”

“你跟我说这个干吗？”单鞘嫌他吵着她看电视。

“我就是想告诉你，你别把心思放他身上了，单鞘，不值得。”他难得用如此语重心长的语气同她说话，就好像他真是她的兄长一样。

单鞘拿过遥控器换台，眼睛一直盯着墙上的电视机，没接江湖的话。

她听见自己的心里“咯噔”一声，然后轻轻地落下，细微的声音在身体里快速穿梭直到耳根，嗡嗡的声音吵得她头疼。

“值不值得又不是你说了算。”隔了好久，她闷闷地说了一句。

那时候已经快凌晨，江湖收拾着最后一张桌子，唯怡在下班的路上正往这里赶来。

她双眼湿润，觉得难过又觉得开心。

陪伴过她整个少年时期的那个人，终于跟她说了再见。即使他们还未曾正式告别，可是就是因为如此，才觉得庆幸。

不用说虚伪的话，矫情地祝福彼此，我们心照不宣地挥过手，才算真的告别啊。

凌晨一点的时候，单鞘跟江湖、唯怡分手。

她只穿着一件短袖，沙沙的夜风劲头有些猛，她抱着手走回杏子街，昏暗的灯光下站着个人。

“聂山南。”

那个人微微一动，把自己从阴影里拉扯出来，手里还抓着一片钥匙。

“你怎么在这儿站着啊？”她说话的时候冷得牙齿打战。

聂山南解下马褂披在她身上：“水北说你每次过来都是翻墙，想着送把钥匙给你方便些。敲门你没在，就在这儿等着。”

单鞘摸出手机看时间，已经凌晨一点二十分：“你不知道给我打电话啊？”顿了一下，“咦，你还没有我号码吧，存一下。”

她报完一串号码，聂山南没动静。

“你不存啊？”

“记在脑子里了。”

单鞘被他打败：“你拿手机记啊，万一一时半会儿想不起来你又在这儿等着了。”

聂山南把钥匙递给她，一片小小的钥匙拿红绳系着。

“我没有手机，已经记下了，就不会忘了，多久都不会。”

像是保证一样，告诉她会永远记得她的号码。

单鞘不禁感慨：“聂当家的，你不会真的是山顶洞人吧？”绕着聂山南走了一圈，想起上次他还借她的纸笔给过别人号码。

“那是坊里的座机号码，你要是用得着就存着吧。”他报出一串号码。

就这样，两个人不在同一频率上地完成了同样一件事，两人也并没有觉得有何不妥。

等聂山南走了，单鞘把自己的钥匙跟聂山南送来的钥匙挂在一起，一根红绳系着两片小小的钥匙，放在路灯下晃啊晃，阴郁的心情总算散了去。

打算做个好梦，明天再去拍照片。

夜里翻身睡不着，想着下午跟聂山南因为照片的问题闹不开心，单鞘摸出手机。

“现在谁还要用座机啊？”单鞘心怀疑问，“打不打得通啊？”说着手指就点了上去。

手机嘟嘟两声，那边轻轻地“咔”了一声。

“喂？”

那边声音迷糊，缩在被子里的单鞘甚至可以想象出聂山南乱成鸡窝一样的头发。

“你还没睡啊？”她忍着没笑出声。

座机分机就在床头，聂山南小小停顿，像是在整理杂乱的思绪，然后喊她的名字：“单鞘啊。”

他喊她的时候总爱在后面加个小小的语气词，听起来特别可爱。

她也心血来潮，问他：“你知道我的‘qiao’是哪个字吗？”

刀鞘的鞘字，只是江湖叫出来的绰号而已。

那边先是窸窸窣窣的声音，然后拉开抽屉的声音，聂山南摸出一张纸和一支笔，写了好几个同音字，然后圈出“翘”字。

单鞘捂着嘴笑：“猜对了。”

她的名字是妈妈取的，听蹇小芳说，是人中翘楚的意思。

“我还记得她说起这事儿的时候一脸的不可置信，说我妈对我希冀太高了，不像她，对我只抱有不会沦落到去街上讨饭的希望。”

聂山南笑：“老太太很有意思。”

单鞘说：“是啊，是啊，小时候她在我的眼里简直是个英雄。”

如果聂山南这时候问单鞘她为什么从来不拍人像，她会告诉他，是因为她的父亲。

蹇小芳去世的时候单鞘其实很难过，因为她知道这个世界上再也没有一个跟她一样的人了。

她们曾经拥有一个共同的敌人，那个人把她们的生活彻底打乱。她们憎恶、愤怒，可是她们也爱他，因为太过爱他所以一边痛恨一边心疼，她们被这种情绪狠狠地拉扯，她们互相依靠，可是没有想到的是，后来连蹇小芳也走了，她孤军奋战甚至连呐喊的力气也没有了。

那时候的单鞘觉得自己心里缺了一块儿，整天睡不着觉，躺着没事儿干，站着也没事儿干，于是她想着她得找事情做啊。她拉着江湖去俄罗斯，他们去踩冰，那是单鞘第一次见着雪。江湖说：单鞘，你别整天丧气，谁不会死啊？晚死总比早死强，你爸跟你奶奶就是不聪明，你跟着我就得学聪明些知道不？怎么着也得把想吃的给吃了想做的给做了再死了啊，不然等埋地下了两腿僵硬的时候就啥也干不了了。

单鞘问他想做的事儿是什么，他说开火锅店。他也问她一样的问题，她想了想，决定说，摄影吧。

年轻的摄影师常年奔波，把女儿寄宿在朋友家，后来因为一张人像照片自杀，女儿跟着他的母亲生活，一直到女儿成年，摄影师身体健朗的母亲也烧炭自杀。

这就是单鞘目前为止的人生。她的家庭因为摄影被毁灭，可是她跟她的父亲一样浪漫，疯狂地爱上摄影，只是不敢再跟她的父亲犯一样的错误，从未拍摄人像。

可是单鞘明明听见那边安稳的呼吸声，中间还夹带着浅浅的鼾声，他今天又该是忙了一整天了。

“晚安啦，聂山南。”

周五的晚上约在江湖的火锅店里。

店里只开了一张桌子，说是这里被人包场了，要吃火锅隔壁家请好。

平常这个时候挤破头的火锅店里只坐了三个人，单鞘撑手望着来回拿菜的江湖不禁骂了一句：“骚包。”

为了配合，江湖还特意做了一个妖娆的姿势。

单鞘敲桌子抗议：“哪里有人包场包自己店的啊？你俩天天吃火锅不腻啊？我要吃日料，我要吃泰国菜！”

江湖一手端着盘新鲜鸭肠，一手撑在单鞘的脑袋上，弯着腰威胁她：“你信不信我今晚就送你去萨丁尼亚岛？”

单鞘老老实实地闭嘴。当初他们过意大利在萨丁尼亚岛停了几日，当地的特色——包裹着苍蝇幼虫活体的卡速马苏乳酪让她吐了整整三天三夜。

所以，吃火锅有什么不好的？

为了庆祝唯怡升职，江湖下了大血本，把珍藏了许久的红酒拿了出来，一边倒酒一边说：“多年媳妇熬成婆，辛苦了辛苦了。”

两人碰杯，眼神你侬我侬。

被落在旁边的单鞘白眼一翻，闷掉半瓶酒。

唯怡瞧她脸红红的，把功劳全算在她的身上：“还是我们单鞘最好。”

一碗刚刚烫好的毛肚推到单鞘面前，权当奖励。

单鞘瘪嘴：“不行，我还想吃糖油果子。”

江湖大手一挥：“买！”

“我要两份。”

“成。”

单鞘想了想，说：“我想吃蹇小芳做的丝瓜面。”

江湖收回手：“等着吧，等我死了我找老太太要秘方去。”

上一次南川坊的采访视频一播出，就获得了不错的反响，在社会上引起了广泛的关注。各个行业领域纷纷效仿南川坊开创公益班，为失业下岗的男女提供再就业的机会。

“我们社长说，让我继续跟着这条线，我想反正也方便就答应下来了。”喝了三瓶酒，唯怡脸上一点不见红。

江湖不懂就问：“有啥方便的？里面有你亲戚啊？”

筷子敲在江湖的头上，唯怡笑得神秘兮兮：“对啊，你妹夫在那儿呢。”

单鞘脸还是红红的，分不清是因为喝了酒还是因为害羞，她摆手：“八字还没一撇的事儿，你别瞎说。”

唯怡：“前两天还说要把人抢回去当压寨夫人，今天就不作数了？”

单鞘迷迷糊糊的视线里好像看见了聂山南的脸，瞅着就高兴：“作数作数，我会加油的！”

两人双手击掌，预祝单鞘马到成功。

一旁的江湖不作声，他瞅着单鞘傻呵呵的样子，心里不是滋味儿。这种感觉细说不上来，觉得好又觉得不好。

江湖十七岁那年跟人打架倒在蹇小芳家的院子门口，被蹇小芳捡回家养了两天，有粥喝粥有肉吃肉，最后伤养好了老太太拿扫把将要报恩的他给撵走。他另寻法子，天天上学放学跟在单鞘的身后，替蹇小芳看着她孙女儿。

十三岁的丫头天不怕地不怕，没来得及躲起来的江湖身上快被她盯出个洞来，问他：“你跟着我是想跟我谈恋爱吗？”

江湖吹着口哨：“小丫头片子懂什么叫谈恋爱吗？”

脸上肉乎乎的单鞘说：“就是我喜欢你你也喜欢我，你把好吃的好玩的都留给我，什么时候都想着我。”

江湖问她：“我喜欢你你也喜欢我，那为什么只有我拿好吃的好玩的给你，什么时候都想着你，你不分给我一些吗？你不想我吗？”

单鞘被他问得一愣一愣的，大叫一声：“就你这样的丑八怪还想谈恋爱呢！”然后转身跑开。

江湖耸耸肩，他没想找她谈恋爱啊老天爷！

过了两天，他看见单鞘在街上对另外一个男生重复一样的问题，那个男生给出跟他一样的回答，得到跟他一样的下场。

他才知道，这个天不怕地不怕的女孩其实在害怕，害怕先付出然后被不平等对待，那她自我珍视的感情就太廉价了。

可是这一次，单鞘对聂山南，好像没有问过这样的问题。

唯怡喝倒在钱柜旁边的沙发里，因为斗地主输得太惨，脸上被口红画得乱七八糟的。人现在睡得香甜，口水流下来晕掉一边的口红，江湖一边嫌弃一边帮她收拾干净。

好不容易收拾妥当，他挨着单鞘坐在地上，手里的抹布被他来回抓着，最后问她：“还走吗？”

单鞘摇摇头，手里数着竹签：“还没想好呢，从赞比亚回来的时候，我跟他们说也许不回去了。”

过去一年，她一直在赞比亚的一家大象托儿所工作，每天的工作任务就是帮大象准备食物和跟它们保持距离。

“那个时候觉得好奇怪，为什么一定要让它们跟人类保持距离，我觉得我们可以成为朋友的江湖，毕竟它们太可爱了。可是后来我才懂，有些规矩是不能改变的，动物和人就应该在各自的圈子里成长，即使我们也有过面对面，但是它们知道，它们跟我们不一样。生命的规则，有时候就是奇怪又太过合理。”

单鞘从背包里翻出一枚小小的戒指:“江湖，我不知道该去哪里了。”

那枚戒指是蹇小芳的遗物。老太太六十三岁那年觉得这辈子对自己太抠门了，想在自己身上浪费一笔钱，花了九百打了一枚戒指，说死了也能有件儿值钱东西带进棺材，后来又扔给单鞘，说要给她做嫁妆。

江湖把戒指拿过来，拿新抹布把上面的污垢擦干净。

“留下来啊，单鞘，不管怎么说，这里都是你的根，你在外面待久了，根会疼的。”

单鞘好奇：“这是什么逻辑道理？根种在地底下怎么还会疼啊？”

江湖嘴角抽搐，戒指扔回给她。

啧，再也不煽情了。

PART 03

我的爱用特木科的泥造了个火炉：
你是我灵魂每日的面包

1.

单鞘睡到第二天下午才醒。

手机里好几条未读信息，一条是唯怡发来的，说跟社里联系好了，要是有出外景的活儿就带上她赚赚外快。其他几条都是运营商或者手机软件发来的生日祝福，都是以“亲爱的单小姐……”开头。

嗯？

除了最下面的那一条：生日快乐。

凌晨，陌生号码，没有署名。

单鞘迷迷糊糊又躺回被子里，时间静止两分钟，一个翻身坐了起来，扒了扒睡得翘上天的头发，她给那个陌生号码回信过去。

单鞘：早啊。

陌生号码：不早了，太阳都晒屁股了。

他在嘲笑她睡懒觉。

证实了猜测，单鞘乐得又翻进被子，两只脚在半空中荡啊荡。手指在屏幕上滑得飞快，新建联系人、添加姓名、保存……

单鞘：怎么回得这么快？不会是一直在等我回消息吧？

当家的：新手机，还在熟悉中你的短信就进来了。

单鞘：会用吗？我教你啊，作为回报请我吃饭啊，我现在好饿啊。

当家的：好。

当家的：走正门过来，不要翻墙。

聂山南在菜园里添了新泥，又把墙边那一块儿修整了一番，搭了个木藤架子，撒上丝瓜种子。

小铁锹在泥地里翻着，夏天的时候地里容易长杂草，闲暇的时候就得清理，不然等长得再旺盛一点，就把种子的养分全给吸收掉了。

上次煮萝卜排骨汤的砖灶还没拆，聂山南生了把新火，这次换熬老鸭汤。

鸭是新鲜杀的，挽起袖子的男人坐在墙角边，把清理下来的鸭毛一根根洗干净扎成个毽子。单鞘见了，哼哧笑出声：“这是你送我的生日礼物吗？”

聂山南反问她：“是不是送得太轻了？”

单鞘把毽子抛向半空，踢了两个就掉落在地上：“是挺轻的，不过我收下了。”

她跑到平坦的路上，踢落一次捡起又来，她觉得自己好像回到了小时候，她在院子里叫啊喊啊，整个世界的快乐都是属于她一个人的。

送完礼物就该吃生日饭，一口香浓的鸭汤下肚，整个胃都跳动了起来。

单鞘一个人喝掉了半锅汤，最后撑得连站也站不起来，没法挪，聂山南只能原地陪着。

单鞘肚子胀得难受，聂山南牵着她在院子里走了两个来回，来送蜀锦的刘姨远远瞧见两人还有些诧异，上个月来的时候也没听说聂当家的娶老婆了啊，怎么今天就牵着个孕妇散步呢？

走到第三圈，单鞘伸了伸懒腰，吃饱就犯困，盯着聂山南的侧脸慢悠悠地说："聂山南，咱们来比赛吧。"

她从兜里掏出他刚刚送给她的礼物，因为放在裤兜里，一边羽毛塌了下去，她提了提又立起来，挑着眉看聂山南，先摆出一副胜利者的姿态。

聂山南微低着头，看懂她的意思，有些为难："我其实不太会。"

正要这样，才中单鞘的下怀。

"没关系，拜个师，我教你。"

聂山南微微一弯腰，扣拳向她："师父。"

单鞘拍着消下去一半的肚子："乖徒儿，今日为师授你技艺，来日记得回报啊。"

聂山南点点头，像记在了心上一般。

毛毽子轻，可是单鞘踢起来溜。轻轻抛在半空中，右脚一提一放，轻轻松松踢出了二十一个的好成绩。

聂山南鼓掌叫好，轮到他的时候，画面就变得好笑了。

长手长脚，单脚起来身体就有些不受控制，人微微倾斜，毛毽子跟他好像相克，就是不落在他的脚腕上。

单鞘被他逗笑，亲自给他示范。背着手的男人目不转睛地盯着个毛毽子在半空中上下，最后稳稳落在单鞘的手里。

“看明白了吗？踢毽子的时候不能急，脚下算着距离挪步子才能接着。”

好像明白了些。聂山南接过来又试，成绩依然惨不忍睹。

“好了，好了。”单鞘摆摆手，“不为难你了，下次我教你个容易会的。”

“你嫌我笨？”聂山南挠挠头，风灌进白色短袖里，懊恼的眼神像个十七岁的男生。

单鞘倒没真这么觉得，只是他这么一问，就想逗逗他。

她微微皱眉：“有一点儿，这个三四岁的小孩儿都会玩。”

聂山南也愁，两条眉毛快挤到一块儿去了，抓着毛毽子又踢了两下，这次更不给面子，一下也没踢着。

单鞘见他太认真，抓着飞在半空中的毛毽子，说：“不过你不会也正常，很少有男孩子会踢毽子的。”

聂山南问她：“真的？”

单鞘：“真得不能再真。”

挤在一起的眉毛终于舒展开来，他又背过手，走在她前面，然后回头问她：“单鞘，生日过得开心吗？”

单鞘猛地抬头。

眼前是一片日光，树荫下站着个人，他冲她笑，问她：“你开心吗？”

他的懊恼和紧皱在一起的眉毛原来都是因为她啊。

那我怎么能拆穿真相，告诉你今天其实不是我生日呢聂山南？

收到生日祝福的这一天，只是当年单莫在证件登记时留下的错误日期而已。

单鞘跟上他，手里还抓着毛毽子，她说："很开心啊，好久没这么开心过了。"

这个晚上突然下了场暴雨。

雷声和雨声打在窗户边上，尽管窗户紧闭着，但是凉风依然透过缝隙穿进了屋里。

单鞘缩在被子里，枕头边上放着个破破旧旧的小灵通，键盘壳不知道掉到了什么地方，打字都要靠钥匙戳才能按动。

被子里的人双手捧着个鸭毛毽子，把鸭毛顺了一遍又一遍，然后一只手摸出被子抓着小灵通又缩回去。

钥匙戳在开锁键上，屏幕泛着荧荧的绿光。这个小灵通跟了她十二年，是初二那年蹇小芳给她买的，里面只存着蹇小芳的号码。

借着点点的光，她用钥匙费力地戳下几个字：今天有人给我过生日呢。

点击发送。

她整个身子蜷进被子里，嘴角边上的笑一直没有消下去。她只要闭上眼，就能想起那张脸，明朗的、温暖的，像是夏夜的清爽凉风，也像是冬日里呵出的热气……

“嘀！”

小灵通进来短信。

单鞘疑惑地点开，看清短信内容的时候浑身有触电的感觉。

——祝你生日快乐。

短短的六个字，让单鞘张大了嘴却说不出话来，她好像忘了键盘壳已经坏掉这件事，颤抖着的手指不听使唤地一下又一下地按着拨通键。

等终于拨过去，她却脑袋空空不知道该说什么。

那边接通得很慢，好像故意在等最后一声铃响。

“喂？蹇小芳？”单鞘哑着嗓子问。

没有人回答。

“蹇小芳？是不是你啊？”她又问。

她在这时候才惊觉自己的耐性如此好。

可还没等她问第三遍，那边就挂断了电话。

缩在被子里的人探出脑袋，风灌进她单薄的短袖里，真冷啊。

她双手抱着膝盖，坐在墙跟墙的角落里，涣散的眼神里有隐隐的泪花。

蹇小芳，我好想你啊。

2.

南川坊出了一件大事儿。

之前敲定的刺绣花纹被人掉了包，第一批绣品已经送了过去，合作商看过之后大发雷霆说要追究到底。

聂水北从公益班赶回来的时候，聂山南正在刺绣间查看剩下的半成品。

“合作商那边怎么说？”

聂山南发现半成品的图案跟之前送过去的图案只有细微差别，可就是那些细微之处才叫得上精华。

叫人把所有的半成品收集起来，扔进大铁桶里，聂山南一把火烧了个干净。

聂水北跟在他身后，不放心地追问：“那边怎么说？”

聂山南眉头紧锁，火光映照在他的脸上，侧着的脸半明半晦：“如果不能赶在十三号前把所有的绣品送过去并且给他们一个解释，他们就中断跟我们的合作，还会将这件事在业内大肆宣扬。”

即使聂水北自由懒散，也知道事情的严重性。

铁桶里飘出一小片砖红色蜀锦，聂水北抓在手里，他不常在绣坊里待，也能看出跟上次送去的图案有何不同。

刺绣间里还在忙忙碌碌，图案重绣，又会是好几个连续赶工的日子，所有人手里的活儿都不敢懈怠。

等那些半成品烧尽，聂山南背着手拐出刺绣间的院子。

这几天雨落得勤，满园的绿叶生机勃勃，可是也掩不住聂山南身上的戾气。

聂水北望着他的背影，摇摇头，不敢再跟他搭话，撑手翻上院墙，人站在石台上，搜寻着旁边院子里的人影。

单鞘前一天跑了一趟新津，回来的时候已经半夜，累得简单洗漱以后就爬上了床，这会儿刚醒，人站在院子里活动筋骨。

“单鞘。”聂水北从院墙上捡颗石子儿扔过去。

石子儿落在脚边，单鞘淡淡地扫过一眼：“干啥呀？”手机里播放着《初升的太阳》，一套广播体操即将开始。

即使这时候聂水北苦着脸，听着声音也不禁笑了。

“你先等等，你那个小学生广播体操先停一停。”

单鞘瞪了他一眼，点击暂停。

“我哥说想吃你做的蛋炒饭了。”聂水北胡诌。

“真的？”单鞘两眼放光，她熊熊的厨魂之火正在燃烧。

聂水北想，对聂山南来说，这时候以毒攻毒是最好的办法了。

“真的！”

于是，暂停的《初升的太阳》再没机会播放。

头发胡乱一抓，挽成丸子头扎好，单鞘就翻墙过来了。

聂水北问她：“我哥不是给了你一片钥匙吗？”

“麻烦，翻墙利索。”单鞘落地，一眼瞥尽菜园子。嗯？新搭的丝瓜木架上已经结出了小瓜头。

单鞘拍拍手，就往厨房大摇大摆而去。

聂水北向上帝祷告，神啊，多保佑保佑聂山南的肚子吧。

哪里有什么以毒攻毒，不过是聂水北知道，这时候对聂山南来说什么招儿都没用，除了单鞘。

跟合作商再次沟通过电话，被骂得像孙子似的聂山南依然和言细语，跟对方一再保证会在约定日期完工所有的绣品，并且会调查清楚刺绣图案被掉包的原因。

他坐在二楼的小阳台里，透过成片的银杏瞧见北书院街上喝茶的老人，一人一面蒲扇，轻轻晃着，一杯茶添了又添。

这番景象他看了二十多年，从他还很小很小的时候开始一直到现在，早该生厌的画面却越看越喜欢。

他站在花栏边上，贺老爷子种的草莓冒出了红色果子，再过几天就该成熟了，只是人还没见着影儿。

他心里隐隐作痛。

南川坊曾经在他母亲的手上落败过一次，他不允许在他的身上再重蹈覆辙一次。

“聂山南。”清脆的一声在身后响起。

聂山南回头，就看见单鞘从楼梯下一路小跑上来。天热，十来步台阶就让她红了脸，额间还有两三颗汗水，糊了几丝头发在眉骨边。

“不要跑，慢慢来。”他叮嘱她。

单鞘两步跨到他面前，一张笑脸微微昂着：“猜猜我给你带了什么？”

聂山南想了想，最后还是摇头：“猜不到。”

“你傻啊！”单鞘从背后拎出个饭盒，“你不是说想吃蛋炒饭嘛，刚炒好的，快趁热吃。”

单鞘打开饭盒，鸡蛋的香味立马飘散在空气里。

聂山南有些诧异：“我说的？”

单鞘抓着他的手，把勺子塞进他的手里：“哎呀，不要废话了，想吃就快吃，我可是很难得下厨的。”

拿着勺子的手被单鞘带着，满满的一勺喂进嘴里，聂山南睁大了眼睛看着近在咫尺的单鞘，身上像是披上了一层薄薄的阳光，鼻翼两边还有几颗小雀斑，看起来可爱又俏皮。

“唔……”又被塞进满满一口。

聂山南推开她的手，没敢使劲儿，却发现毫无作用，最后抓着她的手腕一拉，人就带进了自己怀里。

“单鞘，我快要噎死了。”

单鞘抬眼看他，发觉自己耳根已经开始红了，埋着头，缩着身子点头：“知道了，知道了，你自己吃我不动了。”

他这才放开她。

嘴里的一口慢慢嚼完，他发现好像味道比之前好多了，再来一口。

旁边的单鞘扭过脸，两根手指纠缠着，整张脸红得跟煮熟的螃蟹一样，问聂山南：“我重吗？”

聂山南：“？”

“你……你刚刚抱我的时候，觉得我重吗？”

聂山南摇摇头。

单鞘深吸一口气，眼睛一闭，豁出去了：“那你刚刚碰着我的……

我的那个，觉得大吗？”

聂山南：“？”

单鞘难为情地往前挺了挺。

聂山南额前无数条黑线：“单鞘！”

口出狂言的人瞬间跑得没影儿了，聂山南无奈，撑手摇头的片刻又被她的所言所语逗笑。

他感受到自己的心里在被什么东西给填满，是温暖的、甜蜜的，是来自单鞘的。

聂水北在单鞘翻墙的时候逮住她，脸上可疑的潮红让聂水北看她的眼神审视了好几遍，最后问她：“怎么样，我哥心情好不好？”

单鞘想起逃跑前聂山南的怒号，支支吾吾：“可能不太好。”

她低着头，没脸看聂水北。

聂水北暗叹连单鞘也不顶用了，打发着让她快走免受波及。

单鞘瞧他不对劲儿：“你是不是有事儿没跟我说啊？”

聂水北这下哑口无言。

有事儿是有事儿，可是本来以为单鞘能解决问题，没想到也毫无结果，反而不知道该怎么跟她开口。

躲闪的眼神让单鞘不耐烦，她一只胳膊勒着聂水北的脖颈：“不说我就动用武力了哦。”

聂水北喘不上气，举手投降：“我说，我说，姑奶奶你下手轻点儿。”

“就是这样。”交代完来龙去脉，聂水北把垒在墙角边的砖灶一脚踢开。

单鞘瞪眼，心想我明天还打算来熬牛肉汤呢。

“所以你把我当靶子使呢！”单鞘怒吼。

聂水北双手求饶：“你是我的终极武器啊，他一见你准乐呵。”

单鞘泄了气，可惜聂山南这次没乐呵，还差点儿把她给亲手剁了。

于是，两只小青蛙昨日重现一般又蹲在墙角边，不过跟上一次不一样，这次他俩在纠结，怎样才能让聂山南脑袋顶上的乌云散了去呢？

单鞘实在受不了唯怡的夺命连环 Call，抓紧时间把前一天去新津拍的照片洗出来。

一楼里面的房间被她改造成了一间暗房，等着成像的时间无聊，她翻着相机里的照片打发时间。

相机是前年在摩洛哥换的，第一张照片也是那时候拍的。在糖果铺前的小女孩穿着粉红色的公主裙，趴在橱窗上瞧着里面五颜六色的糖果。

那时候她跟江湖已经分别半年，许多事情开始自己独自面对，可是看见这一幕，她也怀念小时候有人陪伴的日子。

一张张照片翻下来，单鞘才发现自己已经走过六个国家、三十二座城市，每座城市的缩影都被她记录在相机里。

有时候她想，那些弥足珍贵的瞬间其实是相机捕捉不到的，可是就算如此，她也不愿意漏掉一点点关于她曾经在这些城市停留过的蛛丝马迹。

照片翻到最后几张时，单鞘觉得不大对劲儿。

画面的角落里，有双手抓着一匹刚刚裁好的蜀锦，而中间的缝隙里，好像夹着一张黄皮纸。

她将照片放大，仔细辨认了好一会儿后，就急匆匆拿着相机去了南川坊。

刺绣图案是霞姐调换的，就是单鞘和聂山南第一天认识时帮忙解围的那个女人。

孩子的病情稳定后，霞姐曾给聂山南打过电话求助，想问聂山南借笔钱给孩子做手术，聂山南欣然应允了，并且向她提出来南川坊做刺绣女工的邀请。只是没想到，因为丈夫在外欠下的一大笔赌债，追债的人甚至跑去了医院问孩子要钱，急得没有办法的女人这才鬼迷心窍听了别人的唆使，把聂山南的绣品偷偷掉了包。

“南川坊是这两年才又活过来的，不少人眼红呢。”聂水北跟单鞘解释着。

“那跟你们合作的人怎么说啊？”单鞘扒出烤好的红薯，轻轻拍着上面的草灰。

聂水北顺手捞走一个：“你自己问他呗。”

“啊？”

一抬头，聂山南正弯腰站在她身后。

整个院子里最后的两个红薯，被聂水北顺走一个，就剩下这一个了。虽然少得像个宝贝了，可是单鞘还是觉得不好意思，双手递给聂山南：“给您吃呗。”

谄媚的笑容让聂山南忍不住捏了捏她的脸。

他还当真将红薯接了过去。

“一点都不怜香惜玉。”单鞘小声嘀咕。

聂山南把红薯一分为二，将底下的那半递还给她。

“功臣的奖励。”

单鞘接过来，有些不满足，问他：“就奖励这个啊？”

“那你还想要什么？”聂山南好奇。

单鞘眼珠子一转，脸凑到聂山南的面前：“怎么着也说得上是美女救英雄，不说以身相许，至少也得回报一个吻吧。”

厚颜无耻！躲在墙角后偷听的聂水北和单鞘自己都这般想。

闭着眼睛的单鞘不敢动，忐忑不安地等待着。

右脸颊上传来点点冰凉的感觉，单鞘睁开眼，正巧抓住聂山南还没来得及收回的手指。

他说：“先欠着。”

总有一天，我会还给你的。

3.

听聂水北说，南川坊赶在规定日期的前一天交上了所有的绣品，中间聂山南跟所有的绣女连着熬了好几个通宵才堪堪赶完。

至于刺绣图案被掉包的原因，聂山南亲自上门请罪，说是因为自己的失误才导致绣品出现差错，根本没有掉包一说。对方本来不依不饶，恰巧这时候得到消息说下个月的市蜀绣创意大赛里贺老爷子是评委之一，碍于贺老爷子的面子这才松了口不再追究。

“所以现在没事咯？”单鞘把洗好的照片装进相片袋里。

聂水北抓着一把柚子叶从南川坊洒到单鞘的院子里来：“万事大

吉，万事大吉。”

“喏。”单鞘把相片袋递给聂水北。

他左右看看，问她：“是什么东西？”

“下个月参展的照片。”

聂水北觉得奇怪：“你怎么不自己送过去？”

单鞘大手一挥，学着聂山南的样子，背着手，老气横秋的语气在暗房里漫开：“照片我洗小了一寸，真正参展的在那里晾着呢，我在等他亲自上门邀请我去下个月的展览会。”

聂水北佩服：“手段果然高明。”

单鞘朝他招手，两人悄悄耳语。

“你说，我能追上你哥的几率有多大？”

“百分之百。”

“真的？”

“真金还真。”

“那……那你哥这些年身边有过女人没有？”

“有啊，多着呢。”

“……”

“你没看见绣坊里进进出出多少个呢？你要是觉得自己不行，我就找她们说道说道拉个媒也成。”

“别啊，我都快要吃到口了，你别捣乱啊，到时候煮熟的鸭子飞了我就把你也烫了。”

没活儿干，单鞘整天闲得在院子里抓虫玩。

隔着一面墙，她站在水泥台上探长了身子往隔壁院子里张望，有时能瞧见聂山南端着个小茶壶蹲在菜园子拨拨拣拣的，有时又瞧见他坐在窗棂前画图。

在她眼里，静也好，动也罢，反正聂山南怎么着都好看。

“好看你就快抢回去啊，不然有的是机会被别的女人给觊觎走。”唯怡拿着刚换下的旧衣服走出换衣间。

窝在沙发里玩手机的单鞘瞥了她一眼，觉得她说得有道理。

“可是……”

“可是什么？他以前谈过恋爱没？就算他身边现在没女人，可指不准以前的旧情人找上门啊。他那张脸好看得太过分了，你可得抓紧了啊。”

刷完卡，唯怡拉着单鞘往外走，路过一家日料店，两人对视一眼，小手拍小手，愉快往里走。

“我以前跟的师父跟贺老爷子有些交情，听他说，聂山南十七岁的时候招惹过个小姑娘。”唯怡把听来的情报分享给单鞘。

单鞘竖起耳朵，一个字也没落下。

其实也不是件多风花雪月的事儿。

高中的时候，小姑娘跟聂山南前后桌，成绩吊车尾，求着老师换座位跟他一块儿。上课的时候小姑娘跟不上老师讲课的速度，索性叼着一支笔眼睛挂在聂山南身上不动了。老师没辙儿，让聂山南给小姑娘一对一补习，这下可好，小姑娘赖进南川坊了，恨不得一日三餐、吃喝拉撒都在这儿解决了。

“那最后呢？”单鞘好奇。

唯怡饮了口清酒，摇摇头：“听说最后小姑娘哭着跑出南川坊的，打那以后就没见过了。”

单鞘挠挠太阳穴，皱着眉想了会儿，分析道：“道行不行呀。”

“什么道行？你要修炼成妖精啦？”唯怡笑她。

一根手指翘在半空中，单鞘对着她晃了晃：“我说那小姑娘，不对，算算年纪她比我大呢。我说那姐姐，你说都赖进南川坊了，怎么能就先弃械逃跑了呢你说是不是，怎么着也得赖到聂山南把宅子给她呀。”

毕竟她有如此打算。

有了宅子，还怕得不到人？

唯怡觉得她扯，也没搭她的话。单鞘反倒落得清净，得好好想个法子了。

最近聂水北都不敢去打扰聂山南。

市蜀锦创意大赛过半，展览会的事儿就够叫聂山南忙活的，更不要说贺老爷子还没现身这事儿叫他也心闷。

聂山南烦，他也烦，贺老爷子要回来，他更烦。

拎着两瓶啤酒敲开单鞘的院门，聂水北一个侧身溜了进去：“没睡啊，喝点酒就睡得着了。”

这时候夜里九点一刻，单鞘刚刚整理完新拍的照片，正打算出门买烧烤。

敞开门，她盯着自顾自往里走的聂水北，话也没接就出了门。

等她拎着两口袋烧烤回来的时候，聂水北的两瓶酒已经解决完，她瞪着眼，一脚踢开仙人榻上的人：“要醉生梦死回你家去，我这里不搭狗窝给你做美梦。”

聂水北揉揉屁股，委屈巴巴地说：“我不敢回去呀，你收留我一晚，我给你收集情报再帮你撮合撮合。”

条件听起来不错。

单鞘难得大方，四盒烧烤摊开：“别客气，想吃啥吃啥，不够我再去买。”

聂水北一个翻身爬起来，真香！

一只手伸向烧烤盒，又被打回来。聂水北抬头看着单鞘，对方正笑得如狼似虎。

“你还没说为什么不敢回去呢，说完再吃。”

一根玉米啃完，聂水北就觉得撑，刚刚往肚子里灌了两瓶酒，两只眼睛望着面前还剩下一大半的烧烤就觉得不值得，该留着肚子的。

“那贺老爷子到底回来没？”单鞘啃着一串鸡爪，嘴角边上黏着片辣椒皮。

旁边伸过来一只手，帮她捻掉那片辣椒，手的主人答她:“还没呢。”

单鞘想，那你不是自找不痛快嘛。

等会儿?

她赫然扭头，旁边正站着聂山南。

“你这人走路怎么没声儿啊？”单鞘往里挪了挪，空出半条凳子给他。

聂山南没动，桌子上还放着两个空啤酒瓶，眉头猝然紧皱：“你喝酒了？”

屋子里的酒味还没散去，连他自己身上也惹了不少味道。

单鞘摇摇头：“没有啊。”

她的脸被他捏着：“挺乖的。”

这下她的脸红得跟喝了酒似的了。

聂水北在一旁翻白眼，还装得跟个纯情小姑娘似的，不害臊啊不害臊。

三个人，四盒烧烤，差不多都是单鞘解决的。聂水北数着三人面前各自的签子，这个“差不多”，指的是他跟聂山南两个人加起来还不及单鞘的三分之一。

而主力军单鞘同志，现在正拍着肚子瘫在仙人榻里，一把蒲扇慢悠悠地打着，闭眼打算着明天去聂山南园子里拔两棵白菜回来包饺子。

聂山南是一时起意来找单鞘的。

手里的图正画到一半，树梢上蝉鸣声就响起来，吵得他心烦，走出刺绣间的时候透过砖缝看见隔壁院子的灯还亮着，于是背着手也晃荡了过来。

“怎么着，我这儿也不错吧，包夜宵呢。”单鞘指着自家这院子，抬起下巴跟人炫耀。

聂山南人立在五斗柜前，上面放了不少书。书皮已经泛黄，一页带着一页，要捻半天才能翻开下一页。他手指细长，指甲上月白多，一边扫着书上的长段字一边先捻着书页。

他微微点头，从喉结的地方发出淡淡的一个音节。

单鞘微眯着眼睛。

天花板上的灯泡坏掉一颗，屋里有些昏暗，聂山南站在角落的位置里，人看起来就像个模模糊糊的影子。

鬼使神差地，单鞘张嘴说：“聂山南，你是不是嫌我的寨子比你小所以不肯做我的压寨夫人啊？”

聂水北本来眯着眼要打盹儿，这下被她吓醒了。人往仙人榻里缩，害怕待会儿得到的答案不如意单鞘控制不住自己会杀人，那他就会成为第一个挨刀子的人。

他惊恐地望着聂山南，迷糊的视线里看见聂山南好像笑了，笑得还挺不正经的。

他哥说：“不嫌弃。”

疯子！聂水北心想，脸上不敢浮现一丝表情。

单鞘手一挥，暗自叹气：“那你还不做我的压寨夫人。”

傻子！聂水北又想，这话里不就是说有可能性的意思嘛。

聂山南抬眼，瞧见单鞘眼睛闭着，呼吸声一深一浅，像是睡着了。

他的目光又落在半躺着的聂水北身上，凛冽的眼神像是问他：你怎么还在这儿？

聂水北解释着：“我跟她说好了，今晚在这儿睡。”

“为什么？”

聂水北不敢说，暗自腹诽，还不是因为你。

然后在他哥眼神的威逼下，乖乖下了仙人榻，灰溜溜地走了。

门一开，风就灌了进来。

单鞘动了动身子，人往仙人榻上趴过去，却偏了一截。

聂山南把窗户合上，然后把人抱上了仙人榻，怀里柔软，闻见单鞘身上的女儿香。

睡着的人嚷嚷着：“别走，别走。”手在半空中扑腾着。

聂山南哄她：“不走。”

“走了就是王八蛋。”不知道是不是故意的，她放言。

人落进仙人榻里，却不老实地把单薄的被子踢开。

聂山南的一只手被她抓着，动作不利索地又给她盖上薄被，重复着她的话：“走了就是王八蛋。”

好心回来清理垃圾的聂水北立在门边，没关紧的房门被风吹开细缝，屋里春色正好，聂水北识趣地走开了。

翌日。

聂水北难得早起，心里总惦记着贺老爷子快回来的事儿，想着要好好表现，不能让他老人家逮着一丝机会把他喷得狗血淋头。

于是，穿着花裤衩的男人提着个粉红色的小水桶拐进菜园子里，发好心给这些蔫了两天的蔬菜浇浇水。

“小卷啊，今天也要做美美的蔬菜妹妹啊。”一棵卷心菜受到鼓励，抖着水珠誓做整个菜园子里最靓的菜。

男人一脚跨过：“小丝你怎么能垂头丧气呢，抬起头挺起胸跟小卷争艳啊！”丝瓜同学惨遭批评，连水珠都挂不住。

……

撑着懒腰，聂水北瞧太阳都还没出来，准备睡个回笼觉。脚刚跨出菜园子，就听见隔壁院子里传来的杀猪一般的号叫声。

啧啧啧！

聂水北摇摇头，这年头，色狼也不好做啊。

可怜聂山南的耳朵了。

“死色狼！”一记抱枕飞在聂山南的身上，把睡梦中的人砸醒。

直起身子，聂山南看着仙人榻上的人，被子把身体裹得严严实实的，委屈巴巴的小眼神里有愤怒，还有一丝窃喜。

“你怎么在这儿？”

俗套的台词。聂山南想。

“你昨晚对我做了什么？”

俗套的情节发展。聂山南又想。

“你要对我负责！”

俗套的故事结局。聂山南肯定。

PART 04

有人从窗外走过，
一直有人从窗外走过

ZHAI XIA XING XING GEI NI

1.

单鞘给江湖发短信：你晚上有空过来帮我把灯泡换了呗。

那边回：没空。

那就撒娇：好哥哥帮帮忙嘛，我今天有事儿回来得晚，到时候商铺都关门了。

那边冷淡：滚。

知道江湖嘴硬心软，单鞘呵呵地笑，扭头冲停在旁边车道车里的小孩儿龇牙咧嘴做鬼脸。

聂山南侧头看她，眼里正好落进她挖着鼻孔翻白眼的样子。

“单鞘。”

“啊？”

“这是镀膜玻璃，外面看不见里面。”聂山南跟她解释着，顺便告诉她，只有车里的我看得见。

单鞘扑哧：“哦，没事儿，我请你看免费表演，还不赖吧？”

聂山南配合着她鼓掌：“表演盛大。”

前面车辆终于疏通，聂山南拉动手刹往建设南路开去。

前一天早上的乌龙最后以聂山南邀请单鞘去参加市蜀锦创意大赛的展览会完美解决。

一大早单鞘就叩响南川坊的大门，聂水北揉了揉眼睛，惊叹单鞘也会学乖会走大门了。

“别废话，你哥呢，说好今天去展览会的。”说着话人就往里冲。

聂水北拉住她：“你打后门来的？”

单鞘点点头。

聂水北一指戳在她的脑门上，扶额：“我哥开车在前门等你呢！”

于是，在杏子街等了二十分钟的聂山南不仅等来了单鞘，还等来了单鞘手里热腾腾的小笼包以及单鞘十分狗腿的道歉：“对不起，对不起，我脑子不好让你久等了，这包子是给你赔罪的。”说着，就塞了一个包子进聂山南嘴里。

鲜香的味道在口腔里弥漫开来，聂山南想，这个早晨有些过分地美好了。

车在一家灯具店前停下。

单鞘没注意，自顾自地玩着手机，等聂山南上来的时候才好奇：“你家灯也坏了？”

“给你买的，回去的时候顺便过去换。”聂山南解释着。

单鞘大言不惭道：“我叫江湖去了，早知道你这么想去我家，我就该帮你想好借口的。”

聂山南笑：“没关系，我自己会找好借口。”

车拐过一个弯，艺术中心大楼近在眼前。

“不过，”聂山南问，“为什么不就近找我帮忙？”

单鞘反问他：“你没看过那个段子吗？”

“什么段子？”

她忘了他是个山顶洞人，解释着：“换灯泡找别人，是怕自己男朋友被电死啊。”

车停，单鞘率先打开车门跑了下去，站在车门边上踢着石子等他。

聂山南始料未及，在车里想了好一会儿才明白她的意思。

男朋友。

如此荣幸。

展览会在三、四楼，分南北两厅。

两人在三楼转过一圈后，单鞘突然觉得肚子不舒服，跟聂山南约好在四楼碰面，就跑去了卫生间。

蹲在马桶上的单鞘无聊，刷着手机的时候收到聂水北的短信。

聂水北：怎么样怎么样？你们到了没？

单鞘：你干吗？这样殷勤地关心人，让人觉得世界末日又要来了。

聂水北：胡说八道什么？我刚接到消息，贺老爷子回来了，而且人直奔展览会去了。

单鞘：跟我有什么关系啊，又不是我怕他。

聂水北：嘻嘻嘻嘻嘻，听说他给我哥物色了个长腿妹妹呢，你加油哦！

卫生间里，隔壁间的富太太刚刚关上门准备一泻千里，就听见旁边“坑”里的单鞘一声长吼：“我的压寨夫人要由我自己来守护！”

单鞘在四楼找到聂山南的时候，他正跟两个男人说话。

单鞘把整个北厅扫视了一圈，也没发现聂水北口中的贺老爷子，这让她稍稍宽慰了些。不过等她越靠近聂山南，一直缩小到两人已经是肩挨着肩的距离，她才认清事实，即使没有贺老爷子，也会有长腿妹妹靠近聂山南。

尤其是眼前这个长腿妹妹的低胸裙都快要低到地上去了！

“人家找你好久了。”软软糯糯的声音在谈话的几人间炸开。

聂山南狐疑地看着面前装小白兔的单鞘，眼角微微抽搐。

长腿妹妹先反应过来：“聂先生，这是……你妹妹？”

单鞘一米七，可惜长着张娃娃脸，所以站在聂山南面前显得小之又小。

单鞘扯着聂山南的胳膊，一双水汪汪的眼睛看着他，然后扭头说：“我是他男朋友，不……不对，女朋友！”

一个小乌龙逗得旁边两位男士哈哈大笑，连聂山南也憋不住轻轻笑了两声。

长腿妹妹意外，不确定地问聂山南：“聂先生，这真是你女朋友？”

聂山南起先没说话，只是笑着。单鞘一只手伸在聂山南背后，重重掐了他一把以示威胁，没想到被他反握住了手，抓在手心里。

他说：“是。”

得到回应，单鞘脸上乐开了花，两只手环住聂山南，以示主权。

长腿妹妹扫了一眼单鞘的小胸小屁股，扭着腰肢就走了。

跟主办方的负责人说完话，聂山南拉着单鞘走进侧厅。

单鞘打掉他的手，嘴里哼哼：“拈花惹草，衣冠禽兽。”

聂山南不明所以。

“就刚刚那个女人，你没看见她裙子的领子都开到这儿来了吗？”单鞘指着自己的肚子，气鼓鼓地问他。

聂山南摇头：“没注意。”

单鞘生气：“骗人，这么好的曲线你会没注意？”她手里比着S形。

聂山南再摇头，无比诚恳地说：“真没注意。”

单鞘怔怔地盯着聂山南好一会儿，怀着无比沉痛的心情问他：“聂山南，你是不是这个啊？”

一根手指伸在半空，弯着。

不然……不然怎么会不注意这些东西啊？

聂山南嗤笑，抓着单鞘的手指合在手心里，说：“就算是为了你孤零零、没人坐镇的山寨，我也不能是。”

市蜀锦创意大赛当天。

聂水北提着桶西红柿站在水泥台上叫单鞘。

他说：“也不知道能不能活过今天了，想着咱这些日子的情分，给你送些西红柿来，你要记得我啊单鞘。”

单鞘坐在堂门口，被房檐遮挡一半的阳光映照在她的脸上，手里还打着蒲扇，看也不看聂水北，说：“拉倒吧你，那些西红柿都是你哥种的，哪还能让你来做人情的了。你要真当我是兄弟，就把你银行卡的密码告诉我。”

聂水北把桶放在地上，胳膊支在墙头上，了无生趣地说：“银行卡的密码也不是不可以给你，不过得等你跟我哥结婚那天。”

单鞘乐了：“就为了你银行卡的密码我也会架着你哥跟我拜堂成亲的。”

那天晚上，单鞘在江湖的火锅店里又发了场酒疯，抱着店门口的发财树又亲又抱，还说要给它洗澡澡。最后江湖受不了，一个掌劈把人打晕了过去，自己也落得手掌又红又肿。

那天晚上，南川坊里的气氛不太好。聂水北被罚在院子里蹲马步，两手各提一桶水，最后撑不住摔在地上，水打湿了整个院子。

“再灌两桶。”贺老爷子手里抓着把折扇，老牌收音机里播放着川戏，听着顺耳的时候也跟着哼哼呀呀几句。

聂水北求饶：“爷爷我错了。”

“错哪儿了？”

不该拈花惹草，不该整天无所事事还被您给逮个正着。认错范本上怎么写来着——

“我哪里都错了，我应该时时刻刻记得你的教诲，好好做人，好好做事。”

贺老爷子满意地点点头，睁开眼睛看着面前这个他带大的孩子：“不错，不错。”

聂水北心里一喜。

“再站一个钟头。”

聂水北心里又一悲。

“隔壁院子搬来了个丫头？”隔壁亮着灯，想起傍晚时候跟周老头谈起的这事儿，贺老爷子问了一句。

聂水北整张脸扭曲着：“是，指不定就成你孙媳妇儿了。”

折扇点在桌面上，贺老爷子不由分说地又给加了半个钟头。

“别介啊，那又不是我的小桃花，是我哥的心头肉呢。”

贺老爷子示意他往下说。

提着桶的聂水北顺势谄媚，贺老爷子手一挥，水桶落了地。

活动着胳膊，聂水北把隔壁那丫头跟聂山南的事儿一五一十地交代了清楚，末了还添油加醋，说聂山南在人家家里过了一夜。

贺老爷子思想守旧，心里一嘀咕，问聂水北："能成？"

聂水北竖手指发誓："一定能成。"

"那行，明天叫那丫头过来吃饭。"贺老爷子背着手要走。

"那我哥呢？"

贺老爷子停下脚步，想了想，恍然大悟："完咯，还在堂屋里跪着呢，快快快，这正晚饭时候呢，老爷子我可饿不得，让他快做饭。"

聂水北一蹦一跳地进堂屋，聂山南果然还跪着。

"因为上次绣图的事儿？"

"这事儿想瞒也瞒不住，别家绣坊都盯着咱们，一点儿风吹草动也能被他们说成狂风海啸。"

"成了，老爷子饿了，让你做饭呢。"

聂山南没动。

"怎么着，不服气？不服气你也不能动手啊。"聂水北口无遮拦。

聂山南眼神清冷，伸出一只手："腿麻了。"

聂水北一手搀扶起他，想起老爷子的交代："说明儿让单鞘过来吃晚饭。”

“他怎么想起这茬儿？你多嘴说什么了？”

聂水北挤对他：“怎么，丑媳妇总要见公婆的嘛，况且你上次在展览会跟主办方承认你有女朋友这事儿早传了个遍，你真以为老爷子能不知道？”

聂山南低头，是没想到这圈子小，什么事儿半天光景就能传开。

“怎么，你该不会想赖账吧？单鞘那丫头在你身上可费了九牛二虎之力了，你承都承认了，不然就是毁人小姑娘清白。”

聂山南微微埋着身子，抬头就能看见隔壁院子房檐下的灯光，上次换的灯泡还挺亮澄的。

他说：“我没想赖账。”

我想跟她好好在一起，真心话。可是这些话，得先说给她听。

2.

单鞘起了个大早，简单洗漱后便坐车回了蹇小芳乡下的房子。

昨天周原告诉她，施工队今天下午就会开始运作，她如果还想回去看一看，就得趁早。

篱笆围成的小院里已经长出了不少杂草，当初被蹇小芳细心照顾的院子落败，要是她看见了该有多心疼呀。

单鞘在院门口站了好一会儿，篱笆下放着块花泥台盆，盆下埋着一片小小的钥匙，是当年的单鞘留下的。

打开锁，推开门的时候落下好几层灰，单鞘咳嗽两声，喊：“蹇小芳，我回来了。”

十几年的习惯，哪里是那么容易改掉的？

即使她去见识过更广阔的山川河流，听说过比蹇小芳的睡前故事更离奇动人的故事，可是只有回到这个她从小生长的地方，她才觉得自己的生命是鲜活的，是充满力量的。

还是走之前的摆设，不过落上了灰。

床上的褥子已经散了絮，枕头套上的花纹已经辨认不出是什么花了。突然想起什么，单鞘掀开枕头，泪花就在眼眶里涌动。

柔软的枕头下面，放着一把开过刃的菜刀。那是每个她睡在蹇小芳旁的夜里感觉到的冰凉，是蹇小芳唯一能给她的保护，要是来了坏人，这把刀就是蹇小芳的武器，她就要像个英雄一样为了保护珍爱的人杀得血肉模糊才肯罢休。

院子外有声音，细细碎碎地传进屋里，单鞘探出头。

“小翘回来了。”刘素连身后跟着个女孩，低着头不敢看人。

单鞘走出来，是易尔舢的母亲：“刘阿姨。”

房屋拆迁，刘素连家的房子是第一个夷为平地的，住了大半辈子，心里还是惦记着，于是带着儿子的女朋友回来看看。

“这是夏园，”刘素连介绍着，“你回来还没见过吧？”

单鞘点点头：“还没。你好，单鞘。”

夏园抬头，一双眼睛生得楚楚可怜，我见犹怜。

“夏园。”

婆媳两人的感情好像很好，刘素连牵着夏园，对这个准儿媳表达出无限的喜爱。

她问单鞘：“这几年在外面过得好不好啊？有空也要跟小舢多联系联系，长大了不像小时候，感情容易散，我看着你俩长大的，你们都是好孩子。”

她只字未提易尔舢跟夏园的婚事。

单鞘曾经有多喜欢刘素连，现在就有多觉得面前这个人陌生。

刘素连曾经待她很好，易尔舢有的从不差她的那一份，要是易尔舢的碗里有两个鸡蛋，那她的碗里就有三个。

她永远比他多，可是她永远不是刘素连的亲生孩子。

就像她跟易尔舢，不管曾经有多亲密，也不能成为彼此的爱人。

施工队来的时候，刘素连正好带着夏园离开。

单鞘的脸上糊着泪水，工人们因此停了工。年纪大的工人说：“姑娘，想开点儿，以前的东西回不来的。”

单鞘问他：“那留得住吗？”

“嘿嘿嘿，那哪能留得住啊？”一个头发花白的老人背着手，就站在施工队的后面。

他说：“即使留住了，那也是些虚幻的。能不能留住没有关系，只要记得就好了。”

单鞘听不太懂，她只知道以前蹇小芳总说：“喜欢的东西就抓在手里，谁来也别松手。”

可是蹇小芳没告诉她，千万不要跟死神抢东西。就好像她那么喜欢蹇小芳和单莫，可就是斗不过死神。

“丫头，蹇小芳是你什么人？”老人眼睛混浊，看人的时候眯着眼，样子倒是跟蹇小芳有点儿像。

“我奶奶。”单鞘答他。

老人在一旁的大树下坐着，想起些什么，然后点点头：“是，听说后来嫁了人，是生了个儿子。”

老人又问：“那你爸呢？”

“死了。”

“蹇小芳呢？”

“我爸比蹇小芳先死呢。”

老人擦擦眼：“那不好，白发人送黑发人。”

单鞘跟着他旁边坐下，嘴里叼着根狗尾巴草，问他：“你认识蹇小芳啊？”

“认识，打小就认识。”

“怎么没听蹇小芳说过啊？”

老人呵呵地笑：“当年战火连天的，谁能想到这一分开啊也许这辈子就见不着了？丫头，你奶奶什么时候走的？”

“四年前的夏天。”

老人闭眼，然后算了算说：“五十七年了啊，找了五十七年，没想到你就没了。”

“丫头，蹇小芳当年管我叫声堂哥，你该管我叫什么？”

单鞘想了想：“舅姥爷。”

“哎，对对对，走，舅姥爷带你吃饭去。”

单鞘觉得人生奇妙。

就好比她突然之间多了个舅姥爷，拉着扯着说要请她吃饭，路上还给她塞了个大红包。不仅如此，更奇妙的是，她发现舅姥爷的家也在北书院街上，而最奇妙的是，他打开的是南川坊的大门。

所以，当贺老爷子领着刚刚认回的侄孙女出现在聂山南面前时，聂山南除了笑还是笑，笑到单鞘都怀疑他明天早上也能试试打鸣这种技术活儿了。

“所以你是爷爷的侄孙女？”聂水北的脚踢了踢单鞘的脚，冲她挤眉弄眼。

可是单鞘没有心情，她有些愁。

不是，是非常愁。

跟贺老爷子攀上这层关系，是不是就是说她跟聂山南没戏了？

聂水北指着厨房里忙活的聂山南和房间里的贺老爷子，不解着：“怎么，这就成了你们伟大爱情的绊脚石了吗？”

单鞘的脸愁成苦瓜：“你念九年义务教育的时候没学过生物吗，近亲不能结婚的。”

聂水北手指戳在单鞘脑袋上：“谁跟你说我们是老爷子的亲孙子的？”

单鞘：“？”

聂水北跟她解释：“我妈是老爷子的徒弟，当年她去世，我们才被老爷子领回这里。”

单鞘搓搓手，借着热气捂在脸上。

她长叹一口气：“我还能再爱一万年！”

贺老爷子回来，南川坊的气氛变得有些不一样。

单鞘发现，聂水北居然乖乖地待在厨房里帮忙，一瓣蒜剥得仔仔细细，一点衣皮也看不见。

而聂山南呢？他靠立在橱柜边上，手里翻搅着翻滚得浓郁的排骨汤，眼睛微微眯着，好像是被热气糊着了眼睛。

脸上本来就没有什么表情的人，现在浑身更是写着“请勿靠近”。

这样的气氛之下，一向懒散的单鞘也不自觉地坐直了身子，像幼儿园里等着老师发糖果的乖宝宝。

贺老爷子手里抓着本旧绣册，拉下眼镜笑她：“这里又不是改教所，条条框框地绑着你，就跟自己家一样，怎样舒坦怎么坐。”

单鞘耸了耸肩，心里暗自提醒：没什么好怕的，单鞘你别给自己找不痛快了。

于是，她缩手缩脚地站起来，挪动两步，挨着贺老爷子就近的位置坐下来。

屁股还没碰上木藤沙发，就感觉到贺老爷子的眼神慰问。

她嘿嘿一笑，主动找话题：“贺爷爷，吃橘子吗？”

她的手往茶几上动作，橘子刚抓在手里，那边说：“不吃。”

单鞘一顿，不知道这橘子该不该放回去。刚巧聂山南端菜出来，她眼神求救，聂山南接收到她的信号，走向她，拿过那个有些尴尬的橘子两三下帮她剥好，连筋络也撕得干干净净才递给她。

单鞘看着被剥掉外衣送回自己手里的橘瓣，行吧，吃吧。

蛮甜的。

两只眼睛笑得弯弯的。

聂山南说：“马上就能吃饭了，有你喜欢吃的丝瓜。”

单鞘余光瞥到贺老爷子，对方眼神正在她跟聂山南身上流转。

她没敢答话，点点头继续吃橘子。

饭桌上。

贺老爷子热情，往单鞘碗里夹了许多菜，垒成小山高。

聂水北啧啧两声：“你再投食她就得被抬出去了。”

贺老爷子“呵”一声，说小姑娘就该多吃些，身上有肉才有福气。

聂山南往小山上又添了一只鸡腿，不知道是应承贺老爷子的话还是真心，说：“是要多吃点。”

聂水北翻了个白眼，贺老爷子抬手打死一只蚊子，聂山南起身去厨房盛汤。

谁也没看见，单鞘的嘴角，一点一点地向上。

打那以后，单鞘去南川坊去得更勤，连早餐也是在坊里解决。

贺老爷子说：“一个人住着怪寂寞的，我瞅那两个小子心也烦，正巧你过来陪我说说话。”

单鞘眼睛一亮，想也没想地点头。

回头的时候，看见聂山南同她笑，问她要不要喝牛奶。

单鞘接过来，撕不开包装，递回给聂山南：“你帮我开一下。”

从冰箱里取出来的，包装袋上还沾着水，手心里也热出汗，聂山南同样打不开。

聂水北开玩笑：“咬开呗，房间里又没剪刀。”

是个好提议。

聂山南真把牛奶送到嘴边，一口咬下去，问单鞘：“要是嫌弃就不喝了。”

单鞘抢过来，害怕他真给收回去：“不嫌弃，不嫌弃。”

那样子，急得好像谁要抢了她宝贝一样。

贺老爷子嘿嘿笑，身子侧向另一边假装看报纸，一只手却伸出来，冲聂水北竖了个大拇指。

聂山南瞄到老爷子和聂水北的暗地互动，也不避讳，坐在沙发的椅手上，等着单鞘把一袋牛奶喝干净，扔进垃圾桶里。

午饭吃到一半，江湖来了通电话。

刚接通那边就开始嚷嚷：“这几天都不来找你哥，是不是在外面有男人了？”

江湖嗓门大，连贺老爷子都听得清清楚楚的。

单鞘不好意思地看了聂山南一眼，调低音量，有些忌惮地说：“胡说八道什么呢？我正经姑娘，处对象是正常流程。”

江湖鼻子里哼气：“可把你能耐了，晚上来火锅店。”

“过去干吗？我这两天肠胃不好，吃不下火锅。”单鞘撒谎。

“让你吃个屁的火锅，老子跟你说事儿。”

单鞘咳嗽两声，压低声音说：“有长辈在呢，你说话注意点儿。”

山大王也有认㞞的一天。

江湖更加嗤之以鼻：“哟，单鞘你糊弄我呢？当年是谁跟蹇小芳干仗干了整整两天从院门口打到学校门口的？在外面浪了几年倒是把尊老爱幼的美德给学会了？”

单鞘心里把江湖骂了千万遍，还得在贺老爷子面前觍着脸笑：“别介啊，说得多见外啊。你是我哥，你说啥是啥，晚上见是吧，我肯定来。”

挂掉电话，单鞘规规矩矩地吃饭。

贺老爷子问她：“什么时候有个哥哥了？”

单鞘一口菜还在嘴里，不敢答话慢了，嘴里含糊着：“蹇小芳捡回来的。”

贺老爷子又问：“多大了？有对象吗？存款有了吗？小轿车有了吗？”

单鞘干笑，冲聂山南使眼色：老爷子有说媒的癖好？

聂山南只笑不说话，夹起一块鸡翅落在单鞘碗里。

单鞘答：“贺爷爷，我哥他娶老婆了，去年年底扯的证。”

贺老爷子爽朗一笑：“有了就好，事业家庭两兼顾，幸福生活美滋滋。不像我们家这小子，到现在连个正经恋爱也没谈过。”

话题莫名其妙转移到聂山南身上，可是当事人并不意外。

贺老爷子回来那天，表面上说是因为绣图掉包的事儿才让他罚跪，其实是老爷子心急。

早年的时候他觉得聂山南心思重，担起了南川坊的当家责任一时之间无从顾及也就算了，可到了现在，二十七岁的人了，不要说结婚了，连姑娘的手都还没拉过，说出去像话吗？

单鞘脸躲在碗后偷偷地笑，然后凑到聂山南面前问他：“真的连姑娘手都没拉过？”

聂山南面无表情，心里算了算，是还没正经拉过她的手。

不作声就是默认。

单鞘偷着笑，伸出手去够桌子下聂山南的手。摸啊摸，总算摸到了，手钻进聂山南的掌心里，给他握了一小会儿，挣脱开来，在他的手心里一笔一画地写：给你拉。

手心里痒痒的，她写的字让他的心也痒痒的。

他张开手，包裹住她粉嫩的拳头。不满意，又撑开她的手指，十指扣着。

3.

火锅店没营业。大红色的灯笼悬在店门口，黑漆漆的，在这条热闹的街上显得有些格格不入。

单鞘推开门，江湖正坐在吧台里看《天线宝宝》。

扯掉他的耳机线，单鞘一脸不爽：“什么事儿不能在电话里说，非得让我来。”

害得她今晚不能在南川坊吃饭，少见聂山南一面。

江湖收起手机，食指揉着鼻子，在柜子里翻翻拣拣的。

单鞘知道江湖有个习惯，心烦的时候就爱揉鼻子，越烦揉得越厉害。而现在，他的鼻子微微有些泛红了。

一张单据落在吧台上，就收款人那里落了个名字，其他什么也没有。

单鞘莫名其妙地看着他：“有话就说啊。”

“夏园来把订的十张桌子给退了。”江湖点着桌面说道。

夏园？

想起来了，易家的准儿媳，有过一面之缘。

“退了干吗？嫌你店子小？”单鞘开着玩笑。

江湖面有难色，想了想，才说：“他俩的婚事吹了。”

“吹了？”

“听说是一二三提的，我打过电话发过短信，他都没回。”

单鞘转身坐进沙发里，双手抱在胸前，问他：“跟我说这个干吗？他连请帖都没给我，这不正好嘛。”

“他要是回来找你……”

单鞘打断他：“找我干什么？我何德何能让他还想起我这么个人来？”

隔壁家的店子里好像有人起了冲突，吵吵闹闹的声音越来越大，最后甚至砸起了东西来。

换作以前，江湖叼着根烟就跑过去凑热闹了，可是他现在没有任何心情。

跟沙发里的人面对面坐着，最后是他先放软了态度。

“单鞘，不是我多嘴，一二三退婚这事儿多半跟你有关系。”

单鞘来气：“跟我有什么关系，自从上一次咱仨聚过之后我就没见过他了。”

“你记得你初三那年把你堵在学校后巷的几个混混吗？”

她当然记得。

因为跟隔壁班的女生吵了两句嘴，女生叫了一帮混混把她堵在学校后巷，她举着砖头跟人干仗，最后头被人打破进了医院。

“你住院的时候一二三跑去跟人对峙，连句话都说不完整的人非要跟人讲道理，最后被人追着打了三条街。”

单鞘低着头没说话。

“单鞘，为了你，他什么都做得出来。”江湖想起往事，最后摇摇头。

同样被回忆拉扯的单鞘只觉得脑子被炸得生疼，她尽量让自己心情平淡一点，告诉自己这一切才不像江湖说的跟她有关系。

跟她能有什么关系呢？

她承认她喜欢过他，可是那年少时候的情感里不单单是因为喜欢才想跟他在一起。

她曾经想过，她那么在意一二三的态度，是因为她不能太过肆无忌惮，她如同一个卑微的乞求者，要征得一二三的同意才能从他身上获得疼惜。

那样子让她好累啊。

“江湖，我不想成为罪人也不想让自己委屈。我曾经问过他，要不要跟我在一起，他没回答我，没回答就是不同意，这是我的理解，也是他永远畏畏缩缩的态度导致的最后结果。我们两个之间从来不曾亏欠过对方，只是我活该，他也活该。”

活该我们永远都活在阴影里，曾经相互取暖，以后各自生活。

那个晚上，单鞘问蹇小芳，她是不是太冷血了。

有个人因为她连婚事都吹了，她还觉得自己没有做错。

熄掉的屏幕再亮时，单鞘已经睡熟了，她没有看见凌晨时候回过来的短信。

那边说：你没有做错什么。

那条短信单鞘还没见着，小灵通就自动关机了。

被闹钟吵醒的时候，单鞘想起前一天晚上做了个梦，迷迷糊糊地记得从一条小巷里冲出来十几个人围着她，她赤手空拳打倒一个又扑上来一个，可惜双手难敌四拳，被人围成圈地揍。后来她感觉到有个人用身体包裹住了她，一抬头，是聂山南的脸。

她伸个懒腰，给聂山南发短信。

单鞘：昨晚梦见你了。

当家的：我对你做什么了？

单鞘：对我亲啊抱的，求着我做你女朋友。

当家的：？

单鞘：开玩笑的。早上吃什么啊？

聂山南被她跳脱的思维逗笑，回过消息后，手里搅动着蛋液下锅摊蛋饼。

当家的：给小姑娘做了好吃的，穿好衣服就过来吧。

单鞘没皮没脸地问：不穿能过来吗？

可是等她换好衣服洗漱完毕也没收到聂山南的回信。

她一定不知道，拿着锅铲的聂山南扫过手机屏幕的时候被她吓得连锅铲都掉了。厨房外的聂水北听着声音过去，问他怎么了，他摇摇头没说话。聂水北打开屋里的窗户通风，心想这会儿连太阳都还没升起来他哥怎么热得连耳根都红了？

因为贺老爷子在，绣工们做事一点也不敢含糊。

聂山南到刺绣间的时候每个人都正襟危坐，手里的针线在蜀锦上来来回回，效率比以前高了许多。

“为什么大家都这么怕老爷子啊？”单鞘支着手看聂山南绣图。

聂山南一针落下，绕三绳，下剪，赶了两天的图终于完成。

“这个坊子是老爷子一手创办起来的，对绣工自然严厉。”

“那你怕他吗？”单鞘问。

聂山南转头看她：“小时候我被他从杏子街追到建设路，就因为拿针的姿势不对，一顿揍过后还不老实，被关在房间里三天不给饭吃。”

单鞘暗叹，看不出老爷子还是个狠人。

“小时候顽皮，什么都贪新鲜，他教我拿针，可没两天就厌了，放学躲在学校不回家，被揍过几次才长了教训。”聂山南淡淡然地谈起小时候的糗事。

“哈？”单鞘不敢相信，“你叛逆得挺早的呀。”

聂山南摇头。

那年贺老爷子亲自从福利院把他们两兄弟领回家，让他们跪在堂屋里磕头作揖算是拜师，这门手艺不能断，所以自然子承母业。

小时候的山南调皮任性，水北温驯听话，两兄弟性格大不相同，气得贺老爷子整天吹胡子瞪眼。

后来想了个法子，一幅刺绣图是每日的功课，没想到兄弟俩里坚持下来的却是山南，后来这间坊子落在他身上，生意又回了春。贺老爷子捋着胡子点点头，彻底放了心，话也没留一句就跑得不见了人影。

“不可能，不可能，就算你能改邪归正，我也不敢相信聂水北曾经是个乖乖的主儿。”单鞘对往事提出质疑。

聂山南泡了一壶新茶：“人总是会变的，只是变成什么样儿都是不被预知的。”

单鞘一双眼睛眨啊眨，问聂山南：“那你猜猜以后我会变成什么样儿？”

聂山南想了想：“不知道。”手里的茶杯碰上单鞘的茶杯，“但是祝你永远自由洒脱。”

单鞘望着一饮而尽的聂山南，眼睛弯弯。

以后的我，会比现在更喜欢你，更喜欢你，更更更喜欢你。

易尔舢约单鞘见面的那个下午是个阴天。

快要入秋，街道两边的银杏叶开始泛黄。单鞘走在小街上，两片叶子落在肩上，她伸手掸掉，又抓住一片飘在半空中的黄叶，放进相机包里。

易尔舢瘦了些，听说前一个月一直在外地出差，下巴冒出的胡楂还没来得及剃掉就来见她。

两个人面对面坐着，很久都没话说。

旁边的服务员盯着他们许久，中间甚至有两个人打赌他们两个这次是约着谈分手的。

“你没看见那男的失魂落魄的样子吗，肯定是女生提的。”

“屁啦，现在好多新闻都翻转，说不定是这男的犯了错故意这样来求原谅呢。”

“不要那些新闻不新闻的，现在连新闻都是编来唬人的。”

……

咖啡已经冷掉，奶泡融掉，单鞘搅动着勺子，无聊地看着窗外。

易尔舢看着她，眼睛一直没从她身上挪开。

“你老看着我干吗？”单鞘不耐烦。

易尔舢动了动干涸的嘴唇，扯着有点儿疼，唇边上已经泛起一层干皮。单鞘看不下去，从包里掏出一支唇膏递给他：“新买的，还没用呢。”

他还是没动。

单鞘来了脾气：“你有事说事，我跟这儿坐了半个小时不是来打发时间的。”

他喊她的名字：“单鞘。”

“干吗？”

“单鞘。”

“你烦不烦啊？”单鞘人往后倒，陷进沙发里。

易尔舢的左手摸着右手手背，天气凉，不知道单鞘这会儿是不是也手脚冰凉，只是他不敢问。

不然她会觉得他假惺惺的。

这些年他在她记忆里，最鲜活的一个词就是“假惺惺”。现在想想好像是的，不然怎么连话都斟酌了半个小时还不知道怎么开口。

“不说话我走了，我还有事儿呢。”

说着，她拿包就要走。

“单鞘。”易尔舢抓着她的手腕。

单鞘又坐回去。

“我听江湖说你有喜欢的人了？”他迟疑地开口。

单鞘淡薄的眼神挂在他微微上扬的嘴边。

“是啊，怎么了？”

“没事，就是问问。”

单鞘懒得再答他的话。

“我跟夏园结束了。”说出口他觉得不对，只见过两次面的女人，除了他妈整天在耳边念叨着的名字，其他的什么都不记得的人，其实好像没有开始过。

然后又是一段长时间的寂静。中间除了服务员来添过一次水，他们之间再也没有任何声音。

单鞘突然觉得，她跟易尔舢之间变得太过生疏了。

而且她是那个不带任何善意的人。

单鞘借口去趟卫生间，然后就从咖啡厅的后门先离开了。

她给易尔舢发消息，说以后不要再联系了。

发送前又删掉，直接拨电话过去。

“我觉得我们还不至于变成那种连再见都不说一声的人。一二三，我们的圈子很小，你跟夏园的事儿我早知道了，江湖说你会来找我，我想关我什么事儿呢？又不是我在你脖子上架着刀叫你们不要结婚的对不对？可是心里总觉得不舒坦。一二三，我说过那天我是最后一次问你了，意思就是我从此再也不会问你这么傻的问题了，这些年你折磨我折磨得够累的了。人都要向前看是不是？你不能要我还在原地等你了啊，那你就太不是东西了。好了，再见了，冬天的时候咱们再约着吃火锅吧。”

一口气说完，单鞘便挂断了电话。

有什么好留恋的呢？年少不知事，可总会懂事的。

PART 05

温柔的冰裂的声音，自北极
像一首歌，在梦中隐隐地传来

Z H A I　X I A　X I N G　X I N G　G E I　N I

1.

天气一变冷，老年人身体就不太好。

贺老爷子每天晚上都散步到新华公园，跳一跳广场舞，身体也就跟着暖和起来。

后来，他又拉着单鞘一起，说她最近脸上肉多了一圈，该活动活动了。

单鞘仰天长啸：“不是你说女孩子有肉才有福气吗？”

贺老爷子左右甩着肩：“再有福气也要保持身体健康啊，况且我当时就是顺口一说，你怎么还当真了？”

单鞘一脸黑线，她真的当真了，所以这些天吃东西毫不顾忌，只要能填饱肚子，多油多热量的东西她也全部扫进肚子里。

“贺爷爷，”单鞘意识到一个非常严重的问题，“你说聂山南喜欢有肉的女孩子吗？”

聂水北刚巧路过，一脸嫌弃：“一定不会。”

单鞘快哭了，学着贺老爷子左右甩肩的动作，暗自祈祷身上的肉能少一点就少一点吧。

聂山南从刺绣间回来的时候，看着一老一小在打太极，愣了愣神，然后被聂水北拖走了。

一脸不怀好意的聂水北问：“你跟单鞘？”

聂山南：“怎么了？”

“你们还没在一起啊？”

聂山南摇摇头。

聂水北一脸恨铁不成钢的模样，不过想想自己哥哥“母胎”单身，追女孩子的经验为零，大概需要一个身经百战的军师。

“要不要我支你两招，保管到时候单鞘拜倒在你的牛仔裤下。”聂水北搓搓手，表示很愿意帮忙。

于是，聂水北支起小黑板，将自己的全部经验倾囊传授给聂山南。

第一招，买买买。

聂水北把单鞘所有的社交账号通通要了过来，聂山南翻了个底朝天，把她加入购物车的所有东西一键下单。

而隔壁的单鞘，每天清晨都会被好几个快递电话给叫醒，最后因为睡眠不足，眼睛下面挂着两个大大的黑眼圈。

贺老爷子关切她：“年轻人少熬夜啊，还是要多休息，不然以后容易生病。”

单鞘打着呵欠，恶狠狠地说：“要是让我知道是哪个杀千刀干的，我一定扒掉他一层皮。”

书房里切洋葱的聂山南听见这话手一抖，辛辣的味道涌进眼睛里。

聂水北安慰他：“没关系，失败是成功他妈，我们再接再厉。”

第二招，变变变。

女生都喜欢小惊喜，特别是那种不经意间变出来的玫瑰花啊、小兔子啊，最容易讨女生喜欢。

于是连着好几个夜里，聂山南对着魔术视频仔细研究，终于学会了怎么凭空变出一朵玫瑰花来。

他找借口让单鞘进厨房帮忙，趁她不注意的时候变出两枝玫瑰花来给她。

傻乎乎的单鞘好奇地问："咦？你要做玫瑰饼吗？这些花瓣应该不够吧？"

浪漫在吃货的面前，完全不堪一击。

第三招，吃吃吃。

配合单鞘爱吃这一点，聂水北及时调整了作战计划。

他托各地的朋友捎来当地特产，全国三十四个省级区域，无一落下。快递盒摆满了整个前院，可惜单鞘老毛病又犯了，翻墙过来根本看不见。

聂山南又把东西搬到墙角下，这下单鞘瞧见了，问他："你们搞大扫除吗？怎么这么多要扔的东西啊？"

终极一招，浪漫烛光晚餐。

——改良版。

聂水北说，那丫头野，怎么可能会学西方人老老实实坐在餐桌边上拿刀叉吃饭呢，平日她都恨不得直接拿手抓着吃的好不好。

聂山南皱眉，话说得糙，却是事实。

所以，改良版的浪漫烛光晚餐变成了菜园子野炊。

一张方巾铺在路面上，礼物、鲜花、她爱吃的，统统一次性奉上。

等到快夜幕的时候，单鞘站在墙边上，望着隔壁院子里点着的红色烛光，好奇地问："聂山南，你这会儿在给祖上祭拜吗？"

聂山南顿了顿脚步，平复好被语不惊人死不休的单鞘吓着的小心脏，说："单鞘，你过来，我有话跟你说。"

单鞘翻墙过来，稳稳落在地面上，拍拍手："说吧，我赶时间呢，待会儿还有事儿呢。"

"嘀嘀！"

还没等聂山南开口，单鞘的手机就响起："怎么又是你？我说了我没买过东西，你给退回去行不行？我受不住诱惑但我又不能对不起我的良心呀……什么？你已经到门口了？你等等我马上过来……"

收掉手机，单鞘又翻墙翻了回去："你等会儿啊，我去问问到底是哪个挨千刀的跟我过不去玩我这么多天呢，这么多快递寄过来放我这儿，这不存心让我不好过嘛。"

还没等聂山南开口，单鞘就已经没影儿了。

然后一脸哀怨的聂山南从日落等到深夜，等到他觉得单鞘也许不会来了，收拾东西的时候接到单鞘的电话。

"这些天我收到的东西都是你买的？"

"是。"他想起单鞘暴走的模样，硬着头皮回答。

"聂山南你行啊，你搞得我这几天黑眼圈加深了不止五个度，你说怎么办？”那边语气僵硬。

聂山南想，我得好好宽慰你，你说什么我就做什么，上刀山下火海都成。

可是他还没来得及说，单鞘就急急地说：“我这边来电话了，晚一点我再找你算账。”

然后挂断电话，再也没有消息。

聂山南发现，单鞘是真的在跟他闹脾气。

连着三天没出现在南川坊，连贺老爷子也好奇地来问：“单鞘是不是出差了啊？怎么这两天都不见人影，还怪想那丫头的。你看看你，整天闷闷的，没有一点儿生气。”

数落得多了，聂山南每次都是听过就算，下次注意。

可是这一次，他彻底蔫了。

这个小姑娘，怎么这个时候就一点儿都不开窍了呢？

聂水北诚恳地道歉之后，给聂山南分析军情，他比喻：这就好像两军就要开战了，你方军兵已经攻至城下，可是单鞘的小兵们还在迷迷糊糊地打瞌睡呢。

他想了想，是挺贴切的。

况且他这次发兵之前，对方军队已经对他攻击无数次了。城池数次都攻陷，没想到唯一一次反攻，居然闹了个乌龙。

贺老爷子还发现，这两天聂水北也老实了不少。人不往外面浪了，整天待在房间里，做什么就不知道了，但是只要人在房间里，贺老爷子心里就踏实。

而房间里，聂水北抱着枕头缩在床角边上，眼睛使劲儿眨巴，希望聂山南能看在他可怜的分上就此饶过他。

“哥，我真没想到会这样，不然你打死我我也不敢出这馊主意。”聂水北嘤嘤道。

聂山南居高临下地看他，这时候恨不得拿枕头捂死他算了。

“想想该怎么办吧。”最后，聂山南无奈道。

于是，两个人在房间里大眼瞪小眼。

贺老爷子在外面敲窗户：“做饭啦，我饿了！”

关上门前，聂山南下最后通牒：“午饭前你最好把解决方案想出来，不然你下个月的信用卡想都不要想我会帮你还。”

魔鬼！

聂水北气得拿枕头砸门。

午饭的时候，聂山南特意去了一趟隔壁院子。敲门，没人应，回家打包好饭菜，等到下午三点多钟也没见人，最后还是聂水北出门溜达的时候把人给拎回来的。

贺老爷子知晓了这件事儿，指着聂山南的鼻子骂：“你说你这个人，平常做事的时候也见不着这么马虎过，怎么在女人这件事儿上就摔了跟头了呢？”

聂山南老老实实地回答：“第一次，还在汲取经验当中。”

“那单丫头就活该成为你的试验品啊？”贺老爷子更加气不打一处来。

聂山南不敢反驳，头埋低，难得出神。

不知道小姑娘这时候在干什么？是不是还在生他的气呢？

贺老爷子念得口干舌燥，一杯茶水下了肚，逮着刚巧回坊里的聂水北又是一通教训，爷孙三人这下也是大眼瞪小眼。

最后，贺老爷子发话：“行了，我给丫头打个电话，叫她晚上过来吃饭。她总该卖我老头子一个薄面吧？”

聂水北点头支持：“是个好法子。”

聂山南站在贺老爷子旁边，光听着老爷子嘿嘿地笑，话都没怎么聊上几句。

挂断电话，贺老爷子神色忧愁地看着聂山南，像是即将要宣告一个死亡消息。

“丫头说，”老爷子故意大喘气，“这两天跟着她朋友跑新闻线，在外地呢，明天才回来。”

聂山南松了口气，不是故意躲着他的。

“那她还生我气吗？”他惴惴不安地问。

老爷子卖关子：“要真想知道，自己打电话问啊。”

一个上午，聂山南都没落下一针。

手机屏幕被他熄灭又点开，来来回回好几十次，一旁的绣姐还以为聂当家的在等什么重要电话，心神也落在了听他电话声响的这事儿上了。

“嘀嘀！”

“当家的，手机响了。”离他最近的伍姐见他丢了魂一样，往他身上推了一把。

手机点开，是单鞘的消息。

“我明天就回来啦，在外面上山下乡的，累得我颈椎都不好了，回来得请我吃大餐啊！”

“好，在那边待得习惯吗？”

“你忘了我前几年一直在外面跑吗，早习惯了。”

“以后就不跑了，就待在家。”

“赚钱啊大哥，我要赚钱的。”

“我有。”

“？”

“我有钱，够你花的。”

唯怡扛着三脚架，从山坡上下来，两条腿已经废了。好不容易找着个凉亭休息，看见单鞘笑得连后槽牙都出来了。

“你是个女孩子，注意点形象行不行？”

单鞘得意地笑：“你管我呢？”

“怎么，跟聂当家的诉苦呢？软绵绵地求安慰？”唯怡耸着肩装作撒娇的样子。

单鞘回敬香吻：“知道就快快避开，让我跟聂当家的好好聊天。”

“嘀！”

当家的：你还在生我的气吗？

单鞘没反应过来，偏偏这时候唯怡过来抢手机，手机界面里摁上一个“嗯”字就被发送了出去，单鞘一巴掌拍在唯怡的肩膀上：“你要是坏我好事我就把江湖大卸八块！”

唯怡气鼓鼓："那聂山南也别想好过。"

两个人背对背生气。

撤回已经来不及了，单鞘正编辑字想解释，那边已经回信过来。

当家的：其实我就是想让你高兴，没想到弄巧成拙了。单鞘，你喜欢的、不喜欢的、高兴的、不高兴的……这些你都告诉我好不好？这样我就能照顾你所有的情绪。

单鞘困惑：为什么要照顾我啊，我们又不是什么特别的关系。

她是故意的。

反正已经顺口调戏过很多次了，不差这一次。

可是这一次，好像不一样。

之前那些冰冰冷冷的态度不知道在什么时候被人融化掉了，新的聂山南全力出击。

当家的：因为你是我的。

2.

入秋后的第一场雨来得特别安静。

前一天夜里打湿路面，车子驶上公路，还能闻见泥土的清香味道。

拐个弯，车辆进入小路，车胎裹上厚厚的泥浆，行驶起来稍稍有些困难又颠簸。

单鞘迷迷糊糊之中被颠醒，看向窗外陌生的景色，恍惚中有丝在做梦的错觉。

“再睡会儿，还有一个多小时才能到。”

掏出手机看时间，才走了一个小时而已。

单鞘把自己缩进空调被里，还是觉得冷。聂山南打开暖气，腾出一只手握住单鞘的手。

她的掌心很冰，摸起来柔柔的，指甲修得干净，指腹摸索着指甲盖，像是催眠一样，单鞘又睡了过去。

等到西岭雪山下的时候，不过才上午十点一刻。

聂水北的车跟在后面，开着的音响声音很大，还不等聂山南叫单鞘，人就已经醒了。

“到了？”

“到了。”

单鞘打开车门，室内空气本来就低，这里海拔偏低，比起市里更湿冷。

聂山南从车里取出空调被，裹在单鞘的身上：“小心别着凉了。”

单鞘呵气，结成水雾。

“好冷啊。”唯怡冲上来，抱住有取暖工具的单鞘，两人裹在同一张被子里，这才暖和了些。

“先在这里休息一晚，明天再去即栖镇。”

单鞘觉得这个主意不错，拍手表示强烈同意。

远处的山顶已经能看见一层薄雪，不少人这时候出来度假，温泉馆里已经挤满了人，单鞘跟着聂山南去办入住手续，江湖缩在车里不肯出来，唯怡扯他，最后反倒被拉回了车里。

“我跟着出来就是为了吃狗粮吗！”一脚踢开脚边的积雪，聂水北闷闷不乐。等聂山南回来，他更加不乐意了。

“为什么我要跟你一间房？为什么我不能一个人一间房？”

房间分配是聂家两兄弟一间，江湖和唯怡一间，单鞘一间。

“你不能这么偏心吧？”聂水北暗自叹息，有了媳妇儿就忘了亲兄弟啊。

聂山南没看聂水北，懒得跟他废话：“想一个人一间就自己订，你要总统套房都没人管你。”

聂水北更心疼自己：“我已经体会到家里哥哥对我的嫌弃了，他连一间房都不愿意给我订了呢。”

即使反驳，也不能改变什么，聂水北老老实实地跟在后面。

西岭雪山下温泉馆，晚上单鞘和唯怡早早先去泡温泉，两人在一个汤池里说着悄悄话。

“所以他这算是告白吗？”聊起上次单鞘跟聂山南的聊天记录，

唯怡好奇地问。

单鞘整个人泡在汤里，只露出一双眼睛，直到憋不了气才探出头。

想了想，她有些困惑地说：“不知道啊，回来后我们谁也没再提那件事了。”

唯怡愤恨单鞘缺根筋：“那你应该乘胜追击问清楚啊，现在不清不楚不明不白的，单鞘你都几岁了，还在玩搞暧昧这一套？”手指戳在单鞘的脑袋上，颇有一番教训家里小孩不好好念书的味道。

单鞘咕噜咕噜吐着泡泡。

真想变成一条鱼啊，只有七秒的记忆，这样就什么都不记得了，至少就不用像现在这样这么烦心了。

另一边，江湖泡在汤池里打着瞌睡，下来两个人，微眯着眼睛看着聂家兄弟俩。

前两天单鞘说，聂家两兄弟要去西岭雪山下的一个小镇跟一家蜀锦织坊谈生意，想着风景好，就顺便约着大家一起来玩一玩。今天早上是他第二次见聂山南，上一次是在聂山南来店里订餐的时候。

模样是长得不错，就是没啥表情，年纪比他小，却比他老成。

看着让人觉得挺舒服的。

“江哥，怎么不说话啊，来畅谈人生啊。”聂水北跟谁都自来熟，上次叫过一声哥，自我觉得他跟江湖之间有些感情基础。

江湖扒拉下脑袋上的毛巾，游到聂水北旁边，三个男人排成一排，胳膊肘搭在汤壁上。

冷不丁地，江湖问聂山南：“哎，你喜欢我妹吗？”

聂山南客客气气，先是点点头，然后郑重其事地答他：“很喜欢。”

江湖坑妹功夫一流：“我妹有时候脑子不太好，说话没边没幅的，以前得罪过不少人，以后也指不定还能祸害多少人，这样也喜欢？”

“喜欢。”

哪里管得了她什么模样，是好是坏、文静难训，他只知道，他喜欢这个扒拉光他菜园子、总爱跟着他转悠的人。

这是人生第一次谈及喜欢，也盼望是最后一次。

聂水北朝两人竖起大拇指，一个敢坑，一个敢爱，也不知道他们知不知道，隔壁汤池里就是单鞘，听说这里隔音也不怎么好。

泡完温泉，三个人约好去酒店一楼的酒吧喝酒。舞池中央有人在狂欢，江湖跟聂水北玩得嗨，全程举着酒瓶扭动身体，旁边的聂山南就稍显另类，大概是有些醉了，抱着个抱枕浅眠着。

单鞘跟唯怡来的时候，聂水北已经在舞池的最中央跟一个辣妹贴脸共舞，江湖显然没兴致，一个人抱着酒瓶慢慢喝着。

“挺老实的啊你，这么多辣妹在这儿你就不心动？不想去摸一摸抱一抱？”唯怡靠着江湖坐下，抱着江湖的胳膊枕在他肩上。

酒味浓郁，他声音很轻：“家里有个最好的，别的就看不上了。”

唯怡笑他：“你还挺专情的。”

江湖立刻拉起脸：“当初求婚的时候我就说了，这个世界上除了单鞘那个狗丫头和你，我不会再看别的女人一眼。”

像立誓一样，声音在嘈杂之中也震耳欲聋。

单鞘白了他一眼：“狗东西。”

然后，她戳戳睡着的聂山南：“聂当家的？”

没动静。

正合她意。

单鞘伸手进他的外套，从口袋里掏出手机。

“哎哎哎，隐私权，注重隐私权。”唯怡提醒她。

单鞘轻哼一声，背过身翻手机。

没有密码，一滑就解开屏幕。

手机桌面是她的照片，那是夏天的时候拍的，她站在院墙边上，当时她正眼泪巴巴地盯着聂水北手里的西红柿。

不想看了。

其他的东西都没那么重要了。

关掉手机，送回兜里。

想起件事儿，提着酒瓶坐在江湖的另一边，牙嗑上啤酒瓶盖就打开了，酒放在江湖面前，问他："你刚刚都说啥了？"

江湖装不明白："什么说什么了？"一脸不可置信地看着单鞘，"你觉得我是那种大嘴巴的人吗？"

"最好不是。"单鞘咬牙切齿。

唯怡跟江湖打着耳语："刚刚你在汤里说的我们可都听见了。"

江湖暗叹一口气，居然逃过一劫，照这小姑奶奶以前的脾气，早冲上来挠他了。

"妹子。"江湖一脸谄笑。

"有事说事。"

"你信哥的为人不？"江湖无比诚恳。

单鞘当然信。

当年蹇小芳把江湖捡回家，就是看中他够义气，明明双方好几个人约架，最后江湖一个人把责任全顶了下来，被退学；去工厂做流水线，看不惯仗势欺人的车间主任对女工揩油，二话不说把人胖揍一顿，然后顶着一脸伤回来找蹇小芳。

"那就成。"江湖拍着胸脯，"哥告诉你，聂山南这个人我保证是个好人。"

妖孽都敢收，该是做了几辈子的坏事轮回到这一世来还债。

单鞘往他胳膊上一顿掐：“要你讲。”

那天夜里，聂水北跟新认识的辣妹从酒吧后门去了小巷，做了什么没做什么大家好像都心知肚明。

只是单鞘看着还躺在沙发里的聂山南有些发愁。

江湖干脆撇清关系：“你的人，你自己看着办。”然后就搂着唯怡回去房间。唯怡回头，给她做了个加油的手势。

没良心的。单鞘心里咒骂。

费了好大的劲儿，单鞘才把聂山南挪到房间门口，浑身瘫软的男人找不着重心，整个人瘫在单鞘的身上。

单鞘发狂：“不会喝酒就不要学人喝呀，这不害人嘛！”说着手往聂山南身上探着找房卡。

聂山南抵着墙，下巴撑在单鞘的肩上，远一点看来，像是正在亲热的两个人。

保洁阿姨从电梯里出来，看见这一幕被吓得不轻，拍拍胸脯抱怨着：“现在的年轻人哦，做什么事都是火急火燎的。”

开了门，单鞘把聂山南扔在床上，自己先脱了外套，又打了热水给他擦脸。

他的脸很白净，现在泛着点点潮红，却十分好看，像极了单鞘当年在莫斯科见过的红月亮。

她喊："聂山南。"

"嗯。"他还有一点意识。

她的手摸上他的衣服："我帮你脱衣服了哦。"

翻个身，被子里的男人没响应。

"真脱了哦。"她的手就扒在他领口上，其实不敢动，只是吓吓他。

突然，她的手被抓着，被他放在胸口的位置，来回磨蹭着。

"你不要发骚啊！"

果然，闷骚的男人最难搞。

单鞘认命，谁让她喜欢他呢。

解掉他的衣扣，拿毛巾给他擦拭完脸和脖颈，单鞘老老实实缩进房间的沙发里刷网页。

一条短信进来。

唯怡：怎么样怎么样？这个夜晚注定火热。

单鞘：你想多了，他已经醉得跟死掉了一样。

唯怡：不要怕，生米煮成熟饭，他就逃不出你的手掌心，还不乖乖做只压在五指山下的孙猴子。

单鞘抬眼看着睡得太过安分的聂山南，房间里只点着床头的灯，昏暗的灯光配着夜色怎么看怎么旖旎。

咽了咽口水，单鞘扔掉手机往床边上走。

“聂山南？”

“聂山南。”

确实没动静。

那……那要不要动手呢？

真是个世纪难题。她可不是那种乘人之危的人。

可是唯怡的话也不是没道理，他这样守旧老派的人，要真出了事儿，肯定会负责到底。

好烦啊！单鞘挠乱头发，泄气般坐在床边。

还在思考着，手腕被人一拉，人就被带进了一个温暖的胸膛里。

“单鞘，不许想羞羞的事。”

“？”

他怎么知道的？她表现得有那么明显吗？

“没……没啊，我多正直的人啊！”单鞘心虚，不敢抬头看他，左边耳朵贴着一寸温暖，什么都不想做了。

“乖乖睡觉。”聂山南的呼吸声很浅，说话的时候轻柔得像首安眠曲，他的手轻轻拍着她的背，像哄孩子一样的节奏让人觉得莫名安心。

“聂山南。”

“嗯？”

“我们现在这样算什么啊？”

她跟着聂山南的呼吸起伏，发现他并没有太大的波澜，让人觉得有些泄气呢。

那只宽厚的手顺着背脊摸上她的脸，水嫩嫩的，让人越捏越喜欢。

“我一直以为，我们已经是恋人关系。”

“真的？”单鞘欣喜，一只手撑在床沿上看他。

聂山南低头，因为挤压的关系下巴那块地方看着肉肉的，他点点头，把单鞘揽得更紧。

“你不是说，要押我回去做‘山寨夫人’吗？不知道我现在自己上山，你要不要呢？”

“要要要！”单鞘连连点头，双手环在他的肩上，不舍得撒开。

她高兴得好像有点儿过头了，整个人趴在聂山南的身上，聂山南闭着眼，轻声笑，一个翻身，从床沿滚在床的另一半空地上。

“哦，你是不是也在想些奇奇怪怪的事情？”她一时嘴快，先出卖了自己。

“也？”聂山南不放过她任何一个字，“单鞘，你太放肆了。”

枕着他的胳膊，她矢口否认：“是你刚刚先诬赖我的，我发誓，我真没那份心思。”

就是有人撺掇而已。

聂山南可不管，现下把她整个人揽进怀里，敞开一半的胸膛贴着她半边脸，她有些不自在。

他说：“你脸红了。”

“没有。”

“那就没有，是我太高兴了。”

高兴你在爱过一个人很长时间之后，还能在人山人海里遇见我，牵着我，爱着我。

“单鞘，我好喜欢你。”

喜欢到想把我的所有都给你。若你是千军万马里归来的王，便做你忠心不二的麾下臣；若你是此山是我开、此树是我栽的山大王，便做你的闺中夫人。

她听见聂山南的心跳声，咚咚、咚咚、咚咚，是因为她在如此热烈地跳动着心脏。

“聂山南，我也好喜欢你。好喜欢好喜欢好喜欢。”

窗外有声音吵闹，悠悠地送来一段绵长的歌声：

“……喜欢你做我的爱侣，想留下感动你，只需听到你的语气，便似热气球升起，星如若闪着你，双手双腿要拥有你，不给繁星去骚扰你，我会等，等天气在转温，等到热流逝退，便能共你拥吻……”

单鞘想，因为爱一个人很难，所以她才要好好珍惜。

聂山南想，因为从未爱过一个人，所以他才要好好珍惜。

庆幸遇见你，让我如此相信命运。

3.

即栖镇是西岭雪山往南六十公里的一座斑驳古镇，这里常年阴雨绵绵，青石板路被雨水冲刷得连青苔也不见生长。

单鞘下车的时候打了个喷嚏，揉了揉鼻子，裹紧空调被跟在聂山南的身后。

江湖望着她，鼻孔朝天：“矫情。”

唯怡一个粉拳砸在他的身上：“你懂什么？刚刚陷入恋爱的女人都这样。”又笑着回忆，“当初我也是这样弱不禁风、楚楚可怜啊。”

江湖抓着她的手，亲昵道：“那狗丫头可比不上你呀。”

两个人你一言我一语，像在取笑对方，又像在调情，让跟在后面的聂水北翻了不下十个白眼。

下着小雨，淅淅沥沥的雨幕里古镇好像被笼罩上一层薄薄的、朦胧的轻纱，空气里远远飘来淡淡的花香。

单鞘两步跟上前面的聂山南，抓紧他的手，发现他的手心冰凉，轻轻“嘶”了一声。

聂山南把两人的手放进衣服口袋里：“有没有暖和一点？”

“有一点点。”伸出另一只手，单鞘一脸满足。

“听说这里的小吃不错，晚上带你来。”穿过一座木桥，聂山南靠在单鞘的耳边轻声说。

“你以前没有来过这里吗？”单鞘反问他。

聂山南扣着她的手指：“很小的时候来过一次，那时候才这么高。”他伸手比了个七八岁孩子的身高。

“那次是我母亲来谈生意的时候跟来的，现在对这里已经没什么印象了。”记忆中的女人总是忙忙碌碌的，没有时间管他，只让他一个人留在客栈里做功课。

单鞘仰着脸，冲他笑：“那晚上我们来好好逛一逛，顺便可以拍些照片。”她晃着挂在脖子上的相机。

“好。”他冰凉的手指刮在她的鼻尖上。

到了客栈，连休息的时间都没有，聂山南便跟聂水北赶去了蜀锦坊谈合作的事宜。

天气不好，唯怡待在房间里无聊，拉着单鞘去他们的房间斗地主，几轮下来，单鞘的脸上已经贴满了属于失败者的纸条。

江湖打出一张牌，于心不忍：“妹子，我忍你几次了，这下不能放水了。”

手里一对大小王，江湖捏在手里都快捏出汗了。

单鞘挥手：“别啊，再忍忍，等我最后一张牌下来你再炸。”

床边上的手机整点报时，唯怡抓狂：“这一把打了都快半个小时了，单鞘你能不能行啊？”

她嘴里咬着张贴在脸上的纸：“能行能行，马上就能出完了。”

可是等手里就剩一张牌还没出，江湖就把大小王给丢了出来：“放水太过严重，我自我唾弃。”

单鞘哀号，没发现身后什么时候站了个人。

“江湖你怎么……”

话没说完，人就被打横抱了起来。

“打扰你们了。”聂山南满眼歉意。

单鞘一脸不爽：“你道歉干吗，明明是他小气。”

江湖瞅她小人得志的样子就想清理门户，挽着袖子就准备揍人。单鞘知道他的厉害，吓得脑袋缩进聂山南怀里，装腔作势地吸了吸鼻子：

“他欺负我。”

聂山南拿她没办法，抱着她就往门外走，跟江湖说：“麻烦你们帮我照顾这只小野猫了。”

“为什么叫我小野猫啊？”单鞘戳了戳聂山南的胳膊，有些好奇。

“能刚能打，还能撒娇卖萌，不是小野猫是什么？”聂山南把她抱回房间。

单鞘眼珠子一转悠，有些醋意地问他：“那以前围绕在你身边的都是小白兔咯？”

“没有小白兔。”聂山南把她放在床上，拉开房间的窗帘，“小野猫会翻墙，别人不会。”

单鞘被他逗得笑倒在被子上，左右翻了翻，人侧躺着，拍拍旁边的一小块地方，眼神里送着秋波，邀请着他。

怕他误会，她解释着：“你不要乱想啊，我就是单纯地邀请你躺着休息会儿。”

聂山南人靠在窗户边，一手插在裤兜里，摸着样东西，走向她。

他拉开被子躺下，把单鞘揽在怀里。谈论完合作的事，真的挺累的，不过现在怀里有她，他又觉得浑身充满力量。

“聂山南。”单鞘撑起半个身子。

淡淡的鼻音答她。

“合作的事情谈得怎么样啊？”

“费了些劲儿,不过没算白费。”他的声音懒懒的,终于放松了下来。

新谈的合作方其实以前跟南川坊有过生意往来。那时候南川坊的当家的还是他妈妈周穗，刺绣坊被她打理得井井有条，带着八岁的聂山南来谈合作时，对方一口就答应了下来。只是后来丈夫生病，周穗没了心力管理南川坊，蜀锦坊也就此跟南川坊断了生意往来。

“对方一开始的态度是拒绝的，他们觉得我们曾经失信过他们。”

南川坊曾经的落败，对很多人来说都有些不敢相信。无坚不摧的女人，名声在外的绣坊，强强联手，是怎么样都不能被摧毁掉的。

单鞘搂紧聂山南，她说：“好在雨过天晴了。”

他重复着：“是啊，雨过天晴了。”

他拉着她的手，说：“出去走走吧。”

“不要。”单鞘拒绝，“外面还下着雨呢。”

聂山南坐起来，把怀里的单鞘也带了起来。他轻轻拍她的肩，示意她往外看：“天晴了。”

她抬头，正好看见窗外照进来的点点阳光。

“走吧，带你去吃好吃的。”聂山南穿上外套，人往屋外走。

“不叫上他们吗，再过三个小时就该吃晚饭了。”单鞘跟在他身后。

走在前面的男人脚步一顿，想了想，说：“就我们两个。”又提醒着，“去约会。”

古镇很小，半个小时就能走完一圈。

可是恋爱中的人才不管地方的大小，只要喜欢的人在身边，就算腿走折也心甘情愿。

就好像，现在的单鞘。

浑身上下洋溢着恋爱味道的女人拉着男人把古镇走了一圈又一圈，连坐在台阶上的老板娘都觉得单鞘面熟了，问他俩：“要不要进来坐一坐，刚刚煮好的豆花，正热乎着呢。”

单鞘问聂山南：“你要吃吗，走两圈我肚子还真饿了。”

聂山南点头，两人走进小店里，一人一碗豆花。

“怎么样怎么样？你的好吃吗？”她要的咸口的，聂山南碗里的是甜口的，她说这样就都能尝一点了。

聂山南把自己面前的豆花推给她：“你尝尝。”

一勺白白的豆花，看着就让人觉得胃口好。

单鞘不爱吃甜的，可是一口下去，觉得味道也不差。

“那你也尝尝我的。”一勺送到聂山南嘴边。

两个人打情骂俏着，门外的老板娘也被他俩甜得乐呵呵的，等自家男人从外面回来的时候，娇嗔地推了推他的肩，示意他学学人家，也要对自己的老婆温柔体贴。

雨一停，古镇里走动的人就多了起来。热闹的小巷里时时传来说笑声，哪家店铺里放着的脍炙人口的歌曲在小巷里散了来，谁都跟着哼上两句。

再往中心走近一点，打着个小舞台，听旁边的人说是个露天KTV，自助点歌，想唱的人就上去。

这会儿天色正降下来，不少男男女女围在小舞台前，胆子大一点的拿着麦克风就跨了上去。

单鞘的手被聂山南拉着，两个人跟着节奏轻轻晃动着身体，然后，单鞘问他："你要上去唱吗？"

聂山南摇摇头，他唱歌五音不全，不敢给单鞘丢脸。

"没事儿。"单鞘说，"我去给你争个脸回来。"

撒开聂山南的手，单鞘在点歌柜上迅速点好歌，再有两个人就轮到她。

聂山南望着隔着四五个人的单鞘，见她正朝他挥手，从裤兜里掏出手也跟她挥着。

前面的人速度很快，中间好几个被轰下台。

轮到单鞘的时候，下面好些个年轻男人冲她吹口哨，她也不发火，对着麦克风说：“今天是我跟我男朋友的第一次约会，我想留给他一些美好的记忆。”

一句话，让下面的男人们把口哨声变成起哄声。

“……能与你一起，更艰难更在乎你，能与你一起，哪管财富赚不起，能与你一起，我的残缺亦完美，能一起，输赢都胜利，能一起，才珍惜运气……”

她的声音温润潮湿，像雨滴一样砸进聂山南的心里。

能一起，输赢都胜利，能一起，才珍惜运气。

我如此爱你。

“聂山南，我喜欢你。”她最后说。

口哨声和鼓掌声将两个人包裹，他们望着彼此，多远的距离在此刻都阻挡不了他们想要依靠在一起的心。

我、也、喜、欢、你。

他一字一字，回复给她听。

在即栖镇待了两天，回程的那一天唯怡接到社里的紧急电话。

“完蛋了完蛋了，肯定是因为缺工两天，老板想要辞退我了。”

单鞘坐在客栈一楼的接待区，一边啃着苹果一边等着聂山南办理退房手续，斜眼问她：“你出来没请假啊？”

“请了啊。”唯怡肯定，“只是社里这两天一直在跟新闻，要是人手不够我又替补不上，那我完蛋了，我就要做无业游民了。”

江湖在一旁算着这两天的营业额，心里也肉疼：“完了完了，咱俩要喝西北风了。”

聂水北在一旁玩着手机游戏，听这两人自顾自哀怨，抬头正好对上单鞘的眼睛。

她指了指脑袋：“没办法，这两人能看对眼，有一部分是因为他俩，都抠。”

江湖一个栗暴甩在她脑袋上：“滚蛋。”

单鞘真的就滚了。

她慢悠悠地走到客栈的前台，发现聂山南站在那儿一动也不动，正盯着客栈老板的电脑看。

她凑过去，电脑里正播放着最新上档的一部纪录片，彩色的弹幕迅速霸占电脑屏幕，都在讨论纪录片里跟拍象群的那个女摄影师。

“咦？”客栈老板打印好退房手续，抬眼就看见单鞘的脸，指了指单鞘又指着电脑屏幕，“你就是那个‘最美摄影师’？”

当初在赞比亚的时候，一个纪录片剧组来拍摄象群，因为水土不服的原因，其中一个摄影师被送回国治疗，经大象幼儿园的管理员介绍，单鞘跟拍了几天。

可是“最美摄影师”是什么？单鞘一脸问号。

客栈老板又看了她几眼，在聂山南冷淡的眼神下，小声地说：“是她没错啊。”

“他在说我吗？是在说我吗？”单鞘被聂山南拉着往接待区走。

聂山南语气沉闷：“是你。”

“他们都在夸我好看是不是，我听见有人说我漂亮。”单鞘乐得有些不知自己身在何处了。

“单鞘。”

“啊？”单鞘看着他，心里还乐呵着，跟聂山南炫耀着，“有人夸我漂亮哦，你是不是突然觉得自己艳福不浅啊？”

彻底自夸上了。

聂山南一只手抬在她的头顶，微微埋下腰，看着她的眼睛说：“再漂亮也是我的，别人想都不要想。”

单鞘这才蒙了。

回去的路上，聂山南以头疼为由拉着单鞘坐进了车后座，聂水北眼皮抽搐地看着一坐进车里就掏出手机玩得不亦乐乎的人，不明白他是头疼还是故意压榨他的亲弟弟。

他冲单鞘使着眼色：他怎么回事儿？

单鞘摇摇头，对他点头以示鼓励，好好开车。

单鞘在车上睡了一觉，醒来的时候发现聂山南正在看客栈里播放的纪录片，他的手指在屏幕上点了又点，神情特别专注。

单鞘凑近了看，才知道他在干什么。

聂山南正在一条一条地举报纪录片里夸她好看漂亮的弹幕。

“聂山南，你怎么能这样辜负别人对我美貌的夸奖！”单鞘伸手去抢手机，却被聂山南一个转身躲开。

单鞘气结，双手抱胸不打算再理聂山南。

过了好一会儿，有冰凉的触觉钻进她的手心里，她回头，听见聂山南问她：“难道你看不出来我在吃醋？”

我吃醋，是因为你是我的，你的漂亮也是我的，别人看不得摸不得说不得。

PART 06

真愿永生走下去，什么也没有，
就只我爱你，伤翅而缓缓翔行

ZHAI XIA XING XING GEI NI

1.

从即栖镇回来以后，聂山南多了个爱好，就是每天都要看看弹幕里有没有人夸单鞘，要是有，随手就是一个举报。

“你这是什么心理？只许州官放火，不许百姓点灯？”聂水北倚在窗棂边上，一脸嫌弃地看着还是锲而不舍举报弹幕的男人。

聂山南反问他：“为什么要用我的火去点灯，钻木取火的手艺他们得继承，女朋友他们也得自己找，惦记别人的女朋友做什么？”

贺老爷子正巧路过，听了，心想这哪里来的歪理？却道：“说得不错。”

聂水北被两人彻底搞疯，甩手就出了门。

贺老爷子问他：“你干什么去？”

聂水北说：“找女朋友去，免得到时候因为跟单鞘多说一句话被我哥打死。”

因为如此的“歪理”保护，南川坊上下除了聂山南，都没人敢跟单鞘搭话。

吃完饭坐在院子里的单鞘无聊，帮着绣姐们拆线，可是谁也没肯让她帮忙，转了一圈下来，她又无聊了。

聂山南这会儿被贺老爷子叫去谈跟蜀锦坊合作的事情，单鞘把菜园子里的菜都扒拉了一遍，最后给聂水北发消息。

聂水北：别，你现在是一级保护动物，我不敢靠近你，你的饲养员会杀掉我。

单鞘：胡说八道什么，速速滚来。

聂水北：再见，再也不见！

收回手机，单鞘彻底抓狂，她守在贺老爷子的房间门口，等着聂山南一出来，揪着他的衣服就往他的房间走。

贺老爷子听着声儿走出来，担忧着：“丫头，下手轻点儿。”

“你觉不觉得你有些过分了？”单鞘开门见山地问。

聂山南点点头：“是有些过分。”

单鞘：“？”

认错来得太快，让她反应不及下一句该说什么了。

“你为什么那么介意网络上的那些话呢？要是你不喜欢的话，不去听不去看就好了呀，干吗非得出一套什么‘歪理’保护来啊？”

“我错了。”聂山南态度极其诚恳。

单鞘还想说些什么，可是见他这副模样，不仅没了脾气还被他逗笑。

“聂山南，你该不会是个粑耳朵（妻管严）吧？”单鞘搓搓手，有些好奇地问。

聂山南摇头：“不是。”从花栏边上折下一朵花别在单鞘的耳边，“是你的‘压寨夫人’。”

“其实，”单鞘犹豫着开口，“昨天晚上我有收到大学同学的短信，她们说在纪录片里看见我，想明天约着一起吃个饭。”

她跟他报备，怕他的醋坛子又打翻，她说：“没有男生，我们班当时除了辅导员都是女生。”

聂山南故意问她：“你不带我去吗？我这个男朋友，好像没有任何的存在感呢。”

单鞘捧着他的脸啵了一口：“谁说的，好大好大的存在感呢！”

“那你去吧，晚上早点儿回来。”聂山南揽着她的腰，在她的脸上也嘬了一口。

“好！”她伸手拍拍聂山南的屁股，“晚上等着我哦。”

行为极其挑逗，让聂山南咳嗽一声，整个脸都红了。

心情好，单鞘难得走正门，刚巧碰上唯怡。

“你出门啊？”

“你怎么来了？”

“我去参加聚会啊。”

“我来再收集些新闻素材啊。”

两人仿佛二重奏一般，匆匆碰面，匆匆挥手再见。

脚踏进门槛时，唯怡想起件事儿，想叫住单鞘时，人已经跑得没影儿了。

她摇摇头。

瞎想什么呢，天底下哪里有这么巧的事儿啊？

跟许久不见面的老同学见面，单鞘高兴得没边儿了，等聂山南来电话的时候，她开着免提朝那边说：“什么，你要来接我？你谁啊你来接我？我又不是傻子，我认得回家的路怎么走。”

挂掉电话，她半个身子瘫在沙发里，寝室上铺的小黑推她：“单鞘，是不是你男朋友？”

“瞎说，没有男朋友。”她翻个身，又灌了自己一口。

小黑嘟囔：“手机上都写着‘当家的’了，不然是老公哦？”

“老公？单鞘结婚了？”

“不够意思，到现在都不跟咱说。”

“对啊对啊，怎么着咱们也得意思意思呀。”

一旁的单鞘再翻个身，觉得她们好吵啊！

阳光照在身上的时候，单鞘慵懒地揉了揉眼睛。

她坐起身，发呆了半天，然后给聂山南发消息：“我饿了。”

“洗脸刷牙吃饭，牙刷在左边第二层的抽屉里。”很快收到回信。

单鞘站在圆镜前，一边挤着牙膏一边往外面看。

这不是她的房间。当然，她也知道这是聂山南的房间。

前一个晚上她喝得酩酊大醉，最后是聂山南来接的，后半夜的时候醒过来一次，聂山南就睡在房间的沙发里。

她酒醒得差不多，蹲在沙发边上，伸出手指顺着聂山南的脸画出整个轮廓。

寂静的夜里，连呼吸声都听得一清二楚。

“单鞘。”她的手被抓着。

她往前凑了一些：“嗯？”

喝过酒，她的声音听起来阴柔又潮湿，充满了诱惑性。

聂山南叹了口气，把她赶回床上。单鞘不听，凑上去朝着他脸吧唧了一口。

最后，聂山南起了个身，拿被子把单鞘包裹住然后抱回了床上，黑色的夜里他的眼睛清亮，装作恶狠狠的样子说：“你要是敢再乱动我就把你丢出去。”

被子里露出一双黑漆漆的眼睛：“你才舍不得呢。”

实话，他真舍不得。

“真拿你没办法。”又叹了口气，聂山南走出了房间。

他自己滚吧。

“扑哧！”想到这里，单鞘笑出了声，喷了一镜子的牙膏沫子。

洗漱完，她想起前一天夜里的照片还没发给同学们呢，打开手机，聊天框就一直“嘀嘀”地响。

她走出房间，打开一个聊天框：恭喜啊恭喜啊。

她拐进前院，下一个聊天框：不够意思啊单鞘，亏我俩还一个寝室住了四年呢。后面还跟着个大红包。

单鞘挠挠头，走进屋子里跟贺老爷子打招呼，然后去厨房里给聂山南打下手。

其实什么忙也帮不了，倒是把一笼小笼包吃掉了五个。

“哎呀，怎么还在发啊？”吃着饭的时候，一个消息进来，单鞘一看，又是个大红包。

聂水北瞟了一眼她的手机，咋咋呼呼：“有钱不收你傻子啊？你要是跟钱过不去你给我啊，我爱它胜过爱这世界的一切。”

单鞘一脚蹬在他的脚背上，转头问聂山南：“我昨晚是不是做了什么不要脸的事儿？”

聂山南疑惑地看她。

“好比我说大话，讲我跟人联系好了要去外太空了，可是没有钱人家不带我，然后问她们借钱？”

以前在学校的时候她喝醉酒就爱胡说，一半人信一半人不信。江湖每次气得跳脚，拍着桌子吼她：“你连国都还没出过呢就想去外太空，单鞘你几岁了，这年头傻子才这么骗人。”

“可是有傻子信啊。”单鞘反驳。

“那还能是傻子吗？那是猪！”江湖翻白眼。

那时候单鞘还能偷着笑，在江湖眼里她可比猪好多了呢。可是现在旁边坐着的这个人，可不一定这么觉得。

贺老爷子吃完早餐坐在旁边厅里看报纸，一副老花眼镜推下鼻梁，往他们这边看过来。

聂山南摇摇头：“没有。”

“呼——”单鞘松了口气。

下一秒，听见聂山南不咸不淡地说：“不过她们都以为你结婚了，红包是补的份子钱。”

“你说啥？”单鞘左右眼皮齐跳。

聂水北送到嘴里的粥给吐了出来，拍着桌面不满道：“哎哎哎，你俩不对啊，结婚了也不跟我说。”旁边贺老爷子咳嗽一声，他马上作势，“也不跟爷爷说一声，你对得起爷爷这么些年对你的养育之恩吗？”

他眼睛就挂在聂山南的身上，一张不爽的脸却藏不住偷笑。

单鞘抓狂，这些都不重要好吗！

她不敢置信地问聂山南：“结婚这事儿是我说的？”

聂山南耸耸肩，他到的时候包厢里的人便围住他，问他是不是单鞘的老公。

“老公”这称呼他是承下来了，结婚这事儿可不是他说的。

“不行！这些红包得退回去！”单鞘抓着手机退红包。

“房间的桌子上还有好几千。”聂山南提醒着。

“你怎么能收人钱呢！”单鞘抓着他握着筷子的手晃着。

聂山南不敢回忆，三四个喝醉酒的女人，是怎么上下其手把印着口红印的红票子塞进他的外套里的。

“所以现在在你的大学圈里，你已经是个已婚人士了？”唯怡吹着刚做好的指甲。

单鞘垂着头，人缩在沙发里。

“别丧气啊，好事儿嘛。”唯怡宽解她。

“哪能啊？有谁会像我这样跟人说‘我已经结婚了’的话？而且，我总觉得不对劲儿。”

唯怡疑惑：“哪儿不对劲儿了？”

单鞘松开抱枕，反应过来似的问：“你说，聂山南会不会觉得我在跟他逼婚啊？”

毕竟这消息已经散出去了。

“那就结婚呗。”唯怡不以为意道，想当初她跟江湖，认识也不过三个月，谁也没叫，吃了顿火锅就当摆过席了。

“可是……”难得单鞘也发愁。

唯怡说：“你就直接问呗，他想跟你结婚吗？骗骗你也好啊。”

于是，这个晚上，单鞘缩在自己院子里不肯出门，饭是聂山南亲自送过来的。

她跟唯怡说：“我总不能当着他家人问他‘哎，聂山南你要不要娶我’，要是他答应了还好，要是不答应，那我多尴尬啊！”

“哪里不舒服？感冒还是发烧？”聂山南坐在单鞘身边，伸出一只手探在单鞘的额头上。

“不烫啊。”聂山南嚷嚷着。

而单鞘呢？乖宝宝模样坐在桌子边，因为害怕动作迟钝得像是个木偶人一样，两只手放在桌子下搅着衣服的一角。

聂山南把她的动作一一收进眼底，默不作声地盛了一碗汤，放在她面前，自己先动了筷子。

“那个，你也还没吃呢？”单鞘没话找话。

聂山南说：“没呢，等着你一起吃。”

“哦哦哦，那我也吃了。”她僵硬地立起筷子，左右下不去手。

单鞘你醒一醒，你要办正经事儿的。

“单鞘。”浅浅的一声。

“啊？”单鞘抬脸，正对上聂山南的眼睛，别过头，不敢看他，“怎……怎么了？”

聂山南放下筷子，转过她的身子：“是我要问你你怎么了。”

“我没事啊，嘿嘿嘿，这个魔芋烧鸭好好吃哦，以前你怎么不给我做啊？”

聂山南没有放过她，一刀切中要害。

“你是不是因为昨晚的事情在怪我？”

单鞘摆手：“没有啊，怎么会呢，我自己嘴大牙少说话漏风还不带把门的，跟你有啥关系呢？”

“我也是当事人。”聂山南正色，“我是你的男朋友，我当时就应该解释清楚。”

解释清楚……

单鞘低头，有一点点丧气，跟大家解释清楚，你不是我老公，我也没有结婚，我跟你，只是恋爱期，指不定哪天就挥手说再见了。

房间里寂静，窗外摆放着一排多肉植物，这几天单鞘天天在聂家，没顾上它们，现在看着蔫蔫儿的。

“我会跟你结婚的。

“你会跟我结婚吗？”

单鞘傻了眼，人往后躲了躲，解释着：“我不……不是逼婚的意思，就是……聂山南，我喜欢你，很喜欢的那种，就是想结婚的那种，我就是问问你，没有别的意思的。”

她太慌张了，自己也不知道自己在说什么，只是觉得她想跟他解释清楚而已。

可是那些苍白的解释，对聂山南来说一点都不重要。

在他的眼里，只有单鞘是彩色的。他想永远抓紧她，一直跟她在一起，对他来说一辈子都好像短了些。

“单鞘，你听我说。”他抓着她的两只手，用温暖的手掌包裹住她。

“我没有谈过恋爱，可是因为遇见你，我开始有些期待两个人的日子了。我一个人生活了很久，所以有些事情有些话我不能站在两个人的处境里解决好，如果你介意昨晚的事情，以后我会尽量回避。”

“不要。”单鞘钩住他的脖颈。

“你刚刚都说了，你会跟我结婚，你为什么还要回避？我会大大方方地把你介绍给别人，说你现在是我的男朋友，以后是我的老公，你的未来我已经预定好了。羡慕死别人。”单鞘靠在聂山南的胸膛里，隔着衣料听见他“咚咚咚咚”的心跳声。

他真的好容易害羞啊。

“好。”聂山南轻轻应着。

“聂山南。”单鞘抬头。

“嗯？”

“你……你……”单鞘重复了半天，最后问他，“你真的没谈过恋爱、没拉过别的女人的小手？”

聂山南怕她不信：“真的没有，你可以去打听打听。”

单鞘咽了咽口水：“不用了，不用了……”

她只是在想，自己是不是捡到宝了。

2.

最后一桌客人走了后，江湖一边看着《天线宝宝》一边收拾着桌子，开火锅店最麻烦的就是桌子上的污垢总是清理不干净。

一开始的时候江湖觉得不用在意，男人嘛，糙一点无所谓。后来跟唯怡在一起，爱笑的女人总是挽起袖子帮他一起收拾店铺，手撑在桌面上，指甲缝里藏了丝油垢进去。打那以后，他把桌子收拾得干干净净的，一点油星子都看不见。

“那可不是，哥可是纯情好男人。”

《天线宝宝》被切断，单鞘的电话进来。

单鞘啧啧两声：“你可放屁吧，不知道是哪位纯情好男人当年在苏格里的时候站在人家金发姑娘的窗户下面弹了两天两夜的吉他，第三天就在酒吧跟一个大胸美女勾搭上了？”

“胡说！”抹布被江湖扔在桌上，“那怎么能叫勾搭呢？我们那是正常的国际交流，增进感情。”

“然后增进到床上去了。”

“你别乱放屁，我连她手都没拉上，我们……哎哎哎，已经打烊了，你明儿请早……哎，你怎么来了……好了，单鞘我不跟你说了，我这儿还有事儿呢。”

挂掉电话，江湖从冰柜里抱出几瓶啤酒。

“天冷，你要是不能喝我就给烫一烫。”两人坐在沙发里，一人起了一瓶酒。

碰杯。

一瓶吹光。

再开一瓶。

江湖看着面前人喝酒太猛，劝住他：“你发啥疯呢？咋出趟差酒量还给练上去了？”

“没、没事儿。”

“没事个屁，你看看你那脸和脖子，都红成圣诞老人的帽子了。”

他一掌打在那人手上，桌面上的啤酒收拾收拾只剩下自己的那一瓶。

“江湖，我难受。”

江湖不给面子，笑他：“活该你难受。”

那人不说话了，说话太累了。

江湖滑开手机，打算继续看《天线宝宝》，可是一口气堵在胸口，越积越大，最后手机往地上一摔，扯着沙发里的人就揍了一拳。

“易尔舢，你难受给谁看呢？你贱不贱？贱不贱？”

易尔舢摔在地上，带翻了两张桌子跟几把椅子，旁边店铺的人听见声响过来，被江湖一句“教育自家弟弟呢”给打发过去了。

江湖拉下门闸，蹲在易尔舢旁边，从桌子上扯了两张面纸，把他嘴角边上的血渍擦干净。

两个人一人占据一边，江湖伸手把半长的头发别在耳朵后面。

他站起身，说：“她现在有喜欢的人，处得还挺好的，我好些年没见她这么开心过了。一二三，我上一次见她笑得牙龈都露出来，是蹇小芳还在的时候，四年了，你别给她添堵了行不行？你过你的日子，她过她的，这么些年不都这样过来的吗，不也挺好的吗，你这时候发哪门子疯啊？”

钥匙丢在地上，江湖拉开门闸走出去。

“钥匙就放花盆下面，你别给老子忘了锁门。”

哐当！

门又拉下。

黑暗里，易尔舢依然躺倒在地上，他挪了挪身子，在地上躺了好久好久。

裤兜里有声音在响，他掏出来，一个粉色的小灵通，进来一条短信。

“蹇小芳，他说他会跟我结婚的，我开始有些期待了。”

易尔舢闭上眼睛，听见有人跟他说话：“她开始期待跟别人的婚礼了，你到底在闹什么啊？”

还有个声音在说：“只是期待嘛，又没有真的结婚，你丧气什么哦？”

像被人拉扯着，易尔舢觉得头很疼，他蜷缩着身子，抱着自己。

一个电话进来。

“小舢，你别跟我赌气了，我错了好不好？我以后再也不说胡话了。我们家连喜帖都送出去了，家里亲戚都知道我要结婚了，你不能让我遭别人白眼看哪是不是？你今晚的飞机回来对不对？我去接你好不好？”

哐哐！

“小舢，你怎么了，你说话呀。”

“夏、夏园，我疼。”

那个晚上，夏园在急诊室前坐了很久，最后给手机通讯录列表的最后一个人发了条消息。

——他说他愿意娶我，他说他不会再反悔了。我知道我配不上你，我也知道我跟他才合适，可是我好想你啊。

点击发送。

一直到易尔舢从急诊室里出来，她也没有收到回信。

她问虚弱的易尔舢：“你真的不告诉她吗？”

麻醉药的药效还没过去，易尔舢摇摇头，他真的好累啊，闭上眼睛睡一觉吧，也许醒来一切都还有转机呢。

第二天一早，医院里吵闹声不断，易尔舢醒来的时候，夏园趴在床边正睡着。

他挪了挪身子，想喝口水，手扒在床栏上，使不出力气来。

夏园被动静闹醒，问他：“你想喝水是不是？”

易尔舢点点头，干裂的嘴巴说不出话，一双眼睛微微眯着，外面阳光刺眼，不知道自己睡了多久。

夏园手心托着杯底，用棉签一点一点润开他的嘴，从柜子里翻出根吸管。等一切妥当，她低着头，声音细细地说："我给江湖打过电话，他在来的路上了。"

易尔舢没反应，脑袋是蒙的，连听着的声音也是模糊的。他侧了个身，不小心压着输液管，血液倒流，把夏园吓了一跳。

"我没敢给刘阿姨说，接着你的时候你身上还有酒气，怕她念叨你。"

夏园一一解释着。昨晚她听着声音不对，就急急打了个车把人接来了医院，医生说，他的情况越来越不好了，要尽快安排手术。

"小舢，做手术吧，你不要等了，再拖下去你就……"

"夏园。"易尔舢打断她。

夏园噤声，手扯着白色的被单，没敢抬头，怕眼泪被他看见。

"我们当初说好了，互不打扰。"

微弱的声音在房间里轻飘飘地绽开，夏园头埋得更深。她不知道怎么劝解病床上的人，叹口气，两人真的互不打扰。

江湖是在第二瓶水吊完的时候来的，头发松散着，下巴的胡楂肉眼可见，他拎着一碗粥，大大咧咧地坐在病床边上。

“还能喘气吗？”他斜着眼，问一边的夏园。

夏园看着睡着的易尔舢，点点头。

裤腿的地方不知道什么时候蹭上了灰，江湖拍干净，站起来：“那就成，死了的时候再叫我，店里忙着呢。”

人要往外走，又被夏园给叫住了。

“你能联系上单鞘吗，我想跟她谈谈。”

“谈什么？”江湖冷着脸，“他闹得不够你也要跟着闹？你俩的婚事不是吹了吗？你跟他现在啥关系？”

夏园被他问得脸通红，两只手搅在一起，最后咬咬牙，说：“我有很重要的事情，是关于易尔舢的。”

江湖皱眉，额间的碎发被穿堂风带起一缕，看起来生人勿近的样子。

房间外的走廊里响起一串急促的铃声，医护人员匆忙从病房门边跑过，撕裂的声音在楼栋里拉扯。

江湖留下一串号码，头也不回地走开了。

走出住院大楼，江湖给单鞘打了通电话，那边没接，他又发了条短信过去。

埋着头的男人跟脚步急促的女人撞在一起，还没来得及骂人，就先愣着了。

“你怎么在这儿？”

“你怎么在这儿？”

唯怡穿着件杏色外套，衣侧染着血迹，异常扎眼。

“你受伤了？”江湖拉过唯怡，在她身上打量着，也没见着伤口。

唯怡一路跑过来，说话有些喘不过气，断断续续着：“突然的新闻线，我跟着救护车一路过来的，不知道什么时候染上的血。”

江湖这才放心，拉着她的手，心疼道：“你们社里又不是只有你一个记者，你跑断腿能给你颁个劳模奖咋的？”

唯怡摇摇头：“奖不奖的不重要，奖金才重要。”

她一脸的傻气，把江湖给逗笑了，脸上的阴郁散了去，捏着她的脸：“行，小劳模，晚上给你做好吃的。”

唯怡回着消息，抬头说：“行啊，那把单鞘叫上。”

江湖点头：“成。”

3.

在南川坊躺了整整三天，单鞘觉得肚子上的肉添了得有五斤。

聂水北看她懒散的样子太不争气，每天上午九点准时拉着她做广播体操。

明明是从她这里偷学来的，这下反倒成了她的老师了。她咧咧嘴，不高兴地说："凭啥你站前面？我经验比你丰富，你得叫我一声师父。"

没跟她争，聂水北老老实实地往后面站，拉着恰巧路过的聂山南，小声说："你老婆脾气还挺大。"

聂山南手里抱着匹蜀锦，朱红色的布料在阳光下被折射成猩红色，他抬起下巴，看着前面的小人儿大幅度的动作，横七竖八地在园子里张扬着，眼里溢出万千柔情。

聂水北觉得自己就是一傻子，没事儿吃饱了撑着了在聂山南面前告状，惹得自己全身上下都是狗粮味。

得，这祖宗他不伺候了。他抱过聂山南手里的蜀锦往刺绣间里走。

《初升的太阳》声音嘹亮，单鞘做完最后一套动作往后瞧，才发现聂水北早不见了人影，倒是聂山南双手抱在胸前正盯着她看。

"怎么，你也想拜师学艺，做太阳底下立得最高的小红旗？"单鞘原地蹦跶两下，歌曲重复，准备再来一套。

聂山南手里抓着根细枝条，树叶被他摘干净，光秃秃的枝干被他别在耳后，答应了一句："想啊。"

单鞘左转转胳膊，右也转转胳膊，前奏一响起，人就站得规规矩矩的。没了两秒，人往后挪了几步，跟聂山南水平线站着。

聂山南看她。

单鞘催着他："快站好，腰挺直，目视前方，男朋友要跟我一起做体操。”

于是，等聂水北从刺绣间送完蜀锦出来的时候，看见后院的空地里，一男一女正情意绵绵地做着体操，那幅画面，别提多辣眼睛了。

中午贺老爷子不在，聂水北在房间里待了好一会儿，出来的时候花枝招展着，身上的香水味道腻得单鞘想跳江。

“你要去见什么大美人啊？这香水可不便宜，喷了至少半瓶吧？”隔着半张桌子，单鞘也躲不过这味道，捧着碗蹲在墙角边吃饭。

聂水北嘴角抽搐：“你好好说话，你闻见的是我的体香，哪有什么香水味？”

“放屁吧你。”单鞘一个白眼翻过去，刚巧聂山南从厨房出来，就见她眼珠子差点儿翻不回来。

坐在椅子上，觉得不对劲儿，聂山南往旁边挪了挪，问聂水北：“你掉营养池里了？身上喷这么多香水？”

聂家营养池，乃粪坑是也。

聂水北嘤嘤想哭，就瞅着他单身所以都欺负他。

他饭也不想吃了，问聂山南借了车钥匙，头也不回地走了。

单鞘挪回位置上，挨着聂山南，问他：“我是不是要尽快学习一下‘妯娌’相处之道啊？”

聂山南揉着她的脑袋，一个手掌就能包揽下来：“不需要，要是不称你的意，我把他们扫地出门。”

这话听得心里美滋滋。

单鞘往聂山南碗里夹了块红烧肉，她要抱紧这个大腿，看谁敢欺负她。

吃完饭，外面阳光正好，一人一椅，在前院的树荫下晒太阳。

有微风吹过，让人昏昏欲睡。右手跟聂山南十指紧扣着，单鞘眯着眼打盹儿。

迷糊中，听见木质门面被人叩了两下，她探出头，瞧见江湖正立在门边。

“单鞘，夏园想见你。”

第二次见着夏园，是在医院的走廊里。两天没打理的头发被她盘在脑后，两只眼睛下面是厚重的黑眼圈，走路的时候轻飘飘的。单鞘跟在她后面，怕极了她随时会摔倒。

夏园领着单鞘出了住院大楼，这会儿太阳躲在云后，天看着阴沉沉的，立刻就会下雨的样子。

单鞘盯着夏园垂在衣侧边上的左手，小拇指跟无名指以一种怪异的姿势扭曲着，指甲裂开干涸，像枯木一样长在她的身体里。

“那个……”夏园站在一排石凳前，回头发现单鞘盯着她的手瞧，往后藏了藏，“咱在这儿坐会儿吧。”

一张石凳上，两人中间隔着段距离。

夏园从包里翻出一张请柬，红色的外壳上写着个大大的“喜”字，递给单鞘：“小舢说，你是他很重要的朋友，所以我想，这张请柬应该要亲手交给你。”

单鞘侧头，收下那张请柬，问她：“就为了这个？”

就因为一张请柬，让她大老远赶过来？

单鞘觉得才没这么简单。

夏园踌躇了半天，一边担心要是易尔舢知道了会觉得她多管闲事，一边又忍不住想要告诉单鞘这个被易尔舢藏了好多年的秘密。

“我知道你们之前见过面，在他取消我们的婚礼之后。”

“那又怎样，我可没有夹在你们中间。”单鞘以为她是来兴师问罪。

夏园解释：“我知道。”一片叶子落在她的肩上，她伸手掸掉，“单鞘，你从来没有在我们中间过，只是他心里一直有你，我的心里也有别人。因为我跟他是同类人，所以我跟他在一起才是最好的选择。”

那个下午，夏园跟单鞘在石凳上坐了很久。夏园告诉她，一个女人爱一个男人超过十年的故事，也告诉她，一个男人一直以为把她放在心里最重要的位置，重要到他不想让她看见关于他任何的一点残缺。

那个下午，易尔舢在病房里睡了好久。他不知道，他放在心里的那个人在他的病床前站了许久，最后悄悄地走了，她的背包里，放着他跟另外一个女人的喜帖。

聂山南找到单鞘的时候，她正在自家院子里发呆，人坐在水泥台阶上，身边摆着个木盒子，里面摆放着的都是些小物件儿，上面有模糊的字样，年月太久了，已经辨认不出完整的字来，不过末尾的字少见，他记得深，依稀是个“舢”字。

听见声响，单鞘抬起头，拉扯不开的嘴角露出一个苦涩的笑容来。

她说：“你来了啊。”

聂山南靠着她坐下，一手揽着她的肩，让她埋进自己的怀里。

风霜曾经来过，裹在身体上的时候寒冷彻骨，可是没关系，只要有他在，他就不会让单鞘再觉得天地空荡，只有她一个人。

“听说是肺癌。你看，好好的一个人，能跑能跳我还约他冬天的时候一起吃火锅，谁知道身体就这样了。”她的声音嗡嗡的，砸进聂山南的耳朵里，痒痒着难受。

暮色将至，院子外已经亮起了路灯，昏黄色的灯光透进院子里，看着有些不真切。

聂山南抱着她，轻轻吻她的额头：“我帮他联系最好的医生。”

“为什么呢？”单鞘问他，“聂山南，我曾经喜欢过他，很久很久，一整个年少时光。”

“可你现在是我的。”他答她。

过去怎样，未来如何，我都不在乎，我只要眼前，你在，就是一切。

头埋进臂弯里，单鞘深吸一口气，觉着他身上的味道很好闻。

“聂山南，我是不是很自私？”她开始自我反省，“永远从自我的角度出发，永远只顾及自己的感受，我从来没有去想过，为什么当初他不肯答应跟我在一起。你呢？你会不会觉得我很烦，一直追着你，死缠烂打，没皮没脸的。”

聂山南拥紧她：“不会，在我身边你可以尽情地肆无忌惮。单鞘，因为牵过你的手，所以不管怎样，我都不会放开。”

就算天地崩塌，世界毁灭，我也不会松开你的手。你一定要跟着我，永远跟着我。

PART 07

每个地方都拿走了我的一部分爱，
每一束光都灼烧了我的一只眼睛

1.

聂水北发现，单鞘这几天蔫蔫儿的，不管他怎样闹腾，她都没有任何反应。

“你是不是做了什么对不起她的事情了？”聂水北质问聂山南。

聂山南瞧着厨房外的单鞘，一个人对着电视屏幕发呆，一只飞蛾在她附近扑腾了半天，也没能成功引起她的注意。

“没有。”

一根手指戳在聂山南的胸膛上：“那你心虚什么？还往外瞧，怕她听见是吧？”

手指被捏住，微微使力，就见青了好一块儿。

“你轻点，轻点。”聂水北永远在吃到苦头的那一刻才反应过来自己嘴有多欠。

求饶多次，终于换得聂山南松手。

聂水北缩在碗柜旁边，没人嘘寒问暖，只能自己疼自己，往被捏青的手指上吹了吹，还是疼，挤了点牙膏当药涂，终于舒坦了。

“哎，你俩吵架了？”

“没有。”

“她移情别恋了？”

“没有。”

“你能给句痛快话不，我猜得好累啊。”

聂山南冷眼望着他涂着牙膏的手指：“不想残废就少管闲事。”

聂水北冷哼一声，心想自家哥哥真是无情，他怎么能是管闲事，他是在促进家庭和谐啊！

“这两天爷爷不在，你连人影都瞧不见。平日里我不管你做什么，下周三你给我老实一点。”聂山南警告着。

下周三，是十二月十八日，周穗的忌日。

聂水北收起嬉皮笑脸，难得正经着：“不用你说我也记着。”

记着那一年因病去世的男人和自杀的女人，还有那个从未谋面可是却让他记恨了十多年的人。

“哥。”聂水北直起腰，眼神里好像烧起一团火，“你恨那个人吗？”

为了钱和名声，而不顾一条人命的那个人，你也跟我一样恨着他对不对？

一盘菜炒出锅，聂山南没有回答他：“准备吃饭了。”

电视里播报着晨间新闻，一名知名摄影师在市郊拍摄时，被蛇群攻击咬伤，送医的途中不幸去世。

单鞘盯着新闻报道没挪眼，聂山南手指轻轻叩击桌面，提醒她：“吃饭。”

她嘴里没有味道，心里更是烦上加烦，最后索性碗筷一推，无精打采道：“我吃不下。”

聂山南刚要开口，就被她打断：“没关系的，聂山南，我又不是小孩子了，没必要给自己找那么多不痛快，我都会平衡好的。好累啊，肯定是昨晚没有睡好，我回去再补一觉。”

怕他担心，她出门的时候学着贺老爷子的模样，背着手，慢慢悠悠地晃出院子。

等聂水北来的时候，桌上只剩下聂山南一个人。

“单鞘呢？”

“回去补觉了。”

“你太放纵她了。”

“要你管？”

“得，我嘴真欠。”

新闻还在持续报道，聂水北往电视屏幕上扫过一眼，阴郁的心情如海浪般再来。他默不作声，碗里的饭吃了一半，最后撂下一句“活该”就出了门。

电视新闻里，记者阐明，摄影师在拍摄时，利用不正当的手段对动物进行拍摄，过程中偶遇群蛇捕猎，被毒蛇咬伤。

记者对摄影师的拍摄手段进行了训斥，也对生命表达了敬重和惋惜。

聂山南关掉电视，埋头吃饭。房间里就他一个人，他听见“咚咚”的声响，从心底传来。

单鞘恶狠狠地盯着站在穿衣镜前的女人，从进店到现在，她已经试了不下十套衣服，从她脸上的表情来看，她还能再试上十套。

“你有完没完，这店里的衣服都快被你试光了。”单鞘发出怒吼，睡梦中被电话吵醒，然后在半梦半醒中被唯怡拖来商场。

她只想在家好好睡一觉，为什么老天要如此对待她啊！

“你懂什么。如果说购物是女人的快乐源泉，那么试衣服就是女人的天性，没有一个女人能拒绝新衣服带来的新鲜感。哦不，除了你，单鞘。”

“歪理。”单鞘扭头。

一身牛仔装扮，唯怡大大咧咧跨到单鞘面前：“怎么样，这一套还行吧？”

“你能买女人的衣服吗？”单鞘头疼。

“我一个跑新闻的，穿着裙子合适吗？跑起来费劲儿还容易走光，不好！”唯怡把单鞘的审美扼杀在摇篮里。

“前天跑的那条新闻，在市郊的山上，光爬上山就花了我两个小时，穿裙子？你要我的命是不是？”想起那条新闻线，唯怡就火冒三丈，她忙活了整整两天，台里说换报道记者就换，她辛辛苦苦跑的线转手就落在别人手里，她真想冲进社长室问问凭什么，可惜她志小，只要有钱能拿，一切好说。

“摄影师的那条新闻？”

“对，你看了？”

单鞘人埋进沙发里：“看了一点。”

唯怡坐在她旁边：“你说现在的人还有没有职业操守？我们到现场的时候，发现相机里的成图根本就是摆拍的，手段太残忍了。”

现场还存放着被肢解的动物尸体，胶带粘着的尸体上还残留着血迹，唯怡到现场的时候，差点儿没被吓晕过去。

“还是个很有名气的摄影师，这事儿一出，不少网友扒出以前的照片，经过专业的对比分析，有专家指出他拍摄的照片大多是经过肢体重组处理的。”

单鞘埋着头，高领的毛衣包裹着下巴。

“单鞘。”唯怡推了推旁边的人，问她，“没想到你们圈子也这么脏啊？”

脏？

单鞘冷笑。

在外拍摄的几年里，她见过比这更脏的事情。

那些美丽的、灵动的照片，每一张都是费尽心力抓拍才能保存下来的。可是不知道从什么时候开始，为了夺人眼球和获得高额的奖金，一部分摄影师用折磨和鲜血作为代价将那些鲜活的生命推向死亡，不胜列举的事情也许在她进入这个圈子以前就已发生，也许在她之后也不会消亡。

“哟，这不是唯怡大记者嘛，今天这么有空啊，还来逛商场？”嗲嗲的声音从门外传来，单鞘看过去，差点儿以为自己眼睛坏掉了。

这会儿已经是十二月寒冬，盆地本就湿冷，可是面前这个女人还穿着低胸短裙，套着件外套，扭着屁股就往她们这边来。

唯怡没好气，扯着单鞘就往外走。

“晦气。”她撞了撞单鞘的肩，耳语告诉单鞘，这就是那个抢她新闻报道的小骚狐狸。

“哎，怎么就走了，正巧遇着了，为了感谢你上次送新闻给我，我送你一件衣服吧，就当道谢了。”

唯怡不想搭理她。

“怎么就生气了呢？我可是人道关怀，不然就你整天穿着件破烂牛仔外套，谁会愿意发新闻稿给你啊？”

小骚狐狸不依不饶，把唯怡气得眼珠子都快翻上天了，有气儿还不敢撒，办公室里谁不知道小骚狐狸跟社长有一腿，这要是得罪了，指不定在社长面前嚼什么烂舌根子呢。

“喏，这一件就挺不错的，价格也不错，‘三八八’，挺配你的。”

“三八八”，笑她是三八。

“你！”

“不喜欢啊？啊，该不会是想替我省钱吧？哎哟，你不要那么客气啦。店员，麻烦把你们这儿最便宜的款式给这位小姐看看。”小骚狐狸持续发功。

店员从库存里翻出一件压箱底的衬衣：“这是我们前年的款式，最近在做清仓，只要一百五十八元。”

小骚狐狸嫌弃地递给唯怡：“唯怡姐，你看这件怎么样？喜欢就买下了，不用替我省钱的。”

“那怎么能成啊？”一旁的单鞘开口。

唯怡掐她后腰，叫她不要惹事。

单鞘一个眼神丢给唯怡，然后笑着接过衣服。

“怎么说姐姐身上也都是名牌货，怎么能送人一份薄礼呢？这要到了你们办公室，别人问起来，你也丢面子是不是？”

小骚狐狸趾高气扬，一手拨弄着刚做好的头发，觉得单鞘说得不错：“也是。”

单鞘顺势说：“要送啊，咱就得送贵的，还得送全套的，衣服、鞋子、包包，一样也不能少。”

这下小骚狐狸变了脸色，瞪眼看着单鞘。

可是单鞘权当看不见，转头问旁边的店员：“听见了吗？这位小姐要全套的，还得是最贵的，可不能拿便宜的糊弄这位小姐啊，人家不差钱的。”

最后，唯怡提着大包小包走出商场，尽管身后飞来无数把眼刀插在她的身上，可是心里依旧暗爽。

“丫头，还是你厉害，先发制人，打得敌人措手不及。”不吝啬夸奖，唯怡瞧见单鞘尾巴翘上天，还贴心帮她梳理尾巴上的毛发。

“那可不，我是谁？东风吹，战鼓擂，老子单鞘怕过谁？”

2.

上次的摄影师之死新闻报道之后，摄影圈里动荡明显。不少的摄影作品被人翻出来进行专业讨论，连各大高校的讲座话题也由“如何成为一个成功的摄影师”变成“如何成为一个有良知的摄影师”。

大学聊天群里消息不断，很多同学就此讨论，说是当年的专业教授也受到波及，被人扒出当年一举成名的照片是在非人道主义的手段下拍摄的。

一时之间聊天群里讨论声如同泄洪一般，把单鞘炸得头皮发麻。

人缩在南川坊的藤椅里，眼见一场声势浩大的屠杀展开，单鞘一条条消息刷过，最后人像被放掉气的气球一样，没有一点生机。

“单鞘。”肩上被人轻轻推了一把。

“啊？怎么了？”

聂山南蹲在她旁边，问她：“想什么？喊了好几声都没应。”

单鞘挺直腰，一口气堵在胸口，又缩了回去：“没，看同学们聊天呢。”

聂山南把洗好的水果放在茶几上：“爷爷说晚一点儿再回来，咱们再等一等。”

“好。”乖巧得像个小学生。

聂山南察觉她的不对劲儿：“你是不是有什么事儿？”

“很明显？”

聂山南低头想了想，点头：“挺明显的。”

她不安地问：“你看了最近的新闻吗？”

“那个摄影师？”

“对。”

“那又怎样？”

单鞘不知道该怎样跟他解释，只是问他：“你觉得为了自己的目的而违背自然拍摄的照片应该被接受吗？”

那些不光彩的、只属于黑暗的手段，像刽子手的刀一样架在单鞘的脖子上。她从未像那些没有良知的摄影师一样使用过这种手段去拍摄照片，可是她想起另外一个人，跟她至亲的人。

聂山南握着她的手，轻轻吻在上面：“单鞘，你为什么要这么想，你从来没有做过。”

她要怎么说？

她是从未做过，可是她一直活在这样的阴影里。

“你回答我嘛。”

“不应该。”聂山南摇摇头，“我们热爱这个世界，就应该热爱它的一切，它遵循的规律，它应有的原态，这才是爱。”

“那生命呢？”

聂山南不解：“什么？”

单鞘盯着他，下嘴唇被死死地咬住。

她在期待什么？他一直都是一个遵守规矩的人，如果告诉他，曾经有一个人，因为拍摄下一张照片，而没有救下一个自杀的女人，他一定会很愤怒吧。

“聂山南。”单鞘背过身，头靠在椅背上，缓缓开口，“我很喜欢我的爸爸。”

“不管外人怎么说，我依然喜欢他。因为是爸爸的女儿，所以我能看见别人在他身上看不见的东西，他善良、正直，热爱这个世界的一切，也疼爱我。他被人伤害、谩骂，在生命的最后一刻依然被人诅咒不得好死，可是他是我的爸爸，他从来没有停止过一刻爱我，我也……我也不能不爱他。”

她伸手，擦掉掉落下来的眼泪。

聂山南不知道她为什么会聊到她的父亲，可是她跟他之间，为什么一定要去问那些所谓的为什么？只要她愿意讲，他就愿意听。

就好像为什么要喜欢一个人呢，只是因为她在恰巧的时间出现了，她所有的一切都像是为了在某一刻住进他的心里一样，就这样遇见了而已。

如此，而已。

“他一定是个伟大的父亲。”他揽住她，如是说。

单鞘埋头，泪水像洪水一样袭来，她自己也不记得在什么时候睡着了。

睡梦里，她梦见一间小小的暗房里，单莫细心洗着每一张照片，等待成片的时候，他抱着小小的单鞘坐在房间的矮凳上，教她念一小段诗歌。

那是《与鲸豚王国的对话》里的终章，他写：“我们为了地球远道而来，我们来自许多光年以外的星系，为了能够降生在地球，协助它通往光的进化，试着彼此相爱吧，就像我们爱你一样。”

男人抱着女孩，教会她怎样与各种生命共处，怎样尊重和爱护每一个生命。

这样的一个人，又怎么会见死不救呢？

暗房里有光，是透过窗户的缝隙一点点钻进来的。

小小的单鞘听见男人说：“爱这个世界，爱这个世界上的每一个生命，就像我们爱这个地球一样，就像我爱你一样。”

逆光之中，她看见单莫渐渐消失透明的身体，她伸手去抓，却什么也抓不到。

“单莫……”

“单莫，我好想你啊。”

被聂山南抱回房间里的单鞘梦呓着。

睡梦中的单鞘不知道，聂山南被贺老爷子叫去了堂屋，从公益班回来的聂水北来房间找过聂山南，恰巧听见了她浅浅的梦话。

她嘴里一直囔囔着的名字，让门外的聂水北攥紧了拳头。

一直到快晚上的时候，聂山南才跟在贺老爷子的身后出现在刺绣间里。

女工们手里的活儿刚完，正准备着收拾东西下班，见老爷子来，手里又忙活着，装装样子，又被识破。

老爷子说：“我又不是吃人的老妖怪，这么怕我做什么？”

女工们面面相窥，脸上的难色藏了又藏，没人敢答话。

聂山南解围：“您多想了，这几日坊里活儿轻，她们念着时间不紧，多绣些图出来。”

老爷子怎么不懂他是在说好话，手一挥，就让大家各自回家。

“公益班的事怎么样了？”

“来的人多，这几天都是水北在上心。”

后院里起了一层薄雾，院子的灯光这时候看着也模糊，老爷子手里托着小茶斗，嘬两口，问聂山南：“小水北还记着那事儿呢？”

“嗯。”聂山南没多想，便知道老爷子问的是周穗的事。

老爷子掀开茶盖，撇去漂浮着的茶叶，叹口气：“心魔，脑子转不过来弯，钻牛角尖。”

他连着骂了好几声，最后掩着脸，又心疼道：“也怪不得孩子，那时候年纪小，是是非非的什么也不懂，光听了后街里的那些老婆子乱嚼舌根子，听了啥就信啥。”

“你呢？”大概是想起身后还有个比聂水北年长的，想听听他的想法。

天头压着乌云，低沉沉的一片，倒是把天空压成了紫红的颜色。

聂山南想了好一会儿，说：“不记得了。”

“不记得也好，这件事儿都过了十多年，提起来还叫人头疼。等到那天，坊里的活儿也停一停，她为了我这个老头子，半辈子耗在了这里，总得让她舒舒服服地过一天。”

聂山南点头，然后送老爷子回了房。

院子四角，从东往西要走过一条长廊，廊檐上交缠着前年夏天植回来的葡萄藤，这会儿寒冬，见不着一片叶子，光秃秃的藤蔓上挂着几滴水珠，落在他的脖颈上，冰凉的感觉瞬间传遍全身上下。

没觉得冷。

哪里比得过心里冷呢？

他明明记得爸爸过世后的那个晚上，漆黑的房间里突然亮起的刀光。

他藏在心里好多年的秘密，从来没有告诉过任何人的秘密，是他清晰地记得，那个晚上心灰意冷的周穗是想带着他跟聂水北一起去死。

也许是聂水北轻轻翻身后的一声呢喃让周穗软了心，她捂着嘴没让自己发出一点声音。退出房间后蹲在门边坐了一整个晚上的女人被理智和痛苦狠狠拉扯着，最后放弃了这个可怕的念头。

可是她没有想到，她的另一个孩子，缩在被窝里的眼睛从她进门开始就一直盯着她的身上。

3.

第二天一早，做饭的刘姨提着一大袋自己家里熏的腊肉经过前院时，刚巧撞见从聂山南房间里留宿一宿鬼鬼祟祟出来的单鞘。

“单姑娘起得早啊。”

单鞘被抓个现行：“刘姨。”

“哎，中午坊里炒小腊肉，小姑娘多吃两碗啊，听说你这两天没啥胃口，吃得饱饱的才有精神。”

单鞘挠头，应着她的话，然后问：“刘姨，聂山南呢？”

“没见着啊，昨晚你俩没在一起啊？”刘姨脸上神情自然，就是问的话里八卦味道浓得要飘出南川坊了。

“没……没呢。”

“哎，早些把日子订下来，好事儿。”刘姨往厨房走，回过头还说中午人齐，正好一起吃饭。

单鞘望着刘姨的背影，认真思考着她的话，然后兜里的手机就响了。

掏出来，是唯怡的电话。

“单鞘，出大事了！”

单鞘赶到跟唯怡约好的地点时，正巧一场大雨倾盆而下。

出门的时候她给聂山南发了一条短信，这会儿刚找着避雨的地方，他的电话就回了过来。

“赶得上午饭？还是给你留着？”

单鞘擦擦脸：“留着吧，不知道什么时候回来呢。”

“下雨了？”单鞘在新津，隔着几十公里的路，北书院街的上空只有密布的乌云。

“对，突然就下起来了，差点儿淋湿。”看样子还得下好一阵，单鞘推开身后便利店的门，打算买把雨伞。

聂山南皱眉：“要不我现在过来？”

她拿好伞，付钱：“不用了，唯怡没说什么事儿，指不定什么时候结束呢。听说爷爷昨天拉着你在房间里说了好久的话，是不是出什么事儿了？”

“没有，就是聊聊合作方的事。”

“这样啊。”她走出便利店，撑开伞，站在雨幕里，淅淅沥沥的雨声砸在伞背上，她听得最清晰的声音，是他的。

“聂山南。”她长吸一口气，脚尖点在前面的小水洼上。

“嗯？”

“我怎么就开始想你了呢？”听着有些撒娇，她低着头，握着伞柄的手被冻得发红。

那边却没了声音。

“你还在吗？”她不确定地问。

然后听见“嘭”的一声。

“在。”

下着雨，连他的声音听起来都带着寒意。

“单鞘，这边有点儿事，待会儿给你打电话好不好？”

她不愿意挂电话，可是这样会显得很不懂事。

她磕磕巴巴着，应道：“好。”

唯怡在十分钟后到的约定地点。

“这条线我刚盯上就被上次那个小骚狐狸给抢走了，社里没给我配摄影师，我没办法，只能找你帮忙。”唯怡下车跟单鞘解释着，急匆匆的步伐穿过小巷，根本顾不上白色的球鞋从泥水里蹚过。

“到底出了什么事儿？”单鞘换了只手撑伞，瞥了那只揣回兜里的手，已经冻得发紫。

唯怡从包里掏出张白纸，上面是油性笔的印迹，写着个地址，一滴雨水落在上面，洇开一小片。

“前几天报道的那个摄影师，现在事情闹得挺大的，我找到了他平常洗照片的暗房，里面应该还会有些没发表出来的照片。这条线索还没几个人知道，我得先那个小骚狐狸一步，说不定能拿个独家。”

跑新闻的，谁能先人一步，谁就多了一半的机会。

单鞘没再多问，一把伞下两个人，唯怡在巷子里拐来拐去，还是没有找着地方。

“那边。”单鞘看了眼地址，指着左边的小巷子。

唯怡好奇：“你怎么知道的？”

“好像来过。”模糊的记忆里，好像有过一段时光曾经在这里来来回回。

靠着单鞘指路，两个人终于在一栋老旧的单元楼前停下。

唯怡确定地址后，长舒一口气：“就是这里了！”

上楼，灰白色的墙壁上印满了油漆写上去的小广告，还有不知道是谁拿钥匙在上面刻的字，依稀还能辨认。

七层的单元楼，暗房在四楼。

“刚刚找房东拿的钥匙。”一片小小的古铜钥匙，对上锁孔，“咔嗒”一声就打开了门。

单鞘跟在唯怡身后，进门的时候片刻恍惚，记忆如同潮水般涌来。

她记得这里。

在她很小的时候，曾被单莫推进这间小小的屋子，让她管站在水池边洗照片的男人叫叔叔。那时候她怯生，小小的身子缩在单莫的身后不敢动。

最后还是水池边的男人用一颗大白兔奶糖哄得她开心。

“唯怡。”

“怎么了？”在暗房里翻找照片的人问她。

单鞘依稀记得：“那个摄影师是不是姓沈？”

唯怡低头继续翻找：“沈知南。”

对上了。

单鞘走近水池，装着显影药水的塑料量杯倒在水池台上，几张照片大概是因为没来得及定影而变得模糊。

她说：“我认识他。”

当时在电视上的新闻里匆匆一瞥，她没能记得起来，而现在，在这间她曾经借住过几个月的房间里，她终于想起来。

唯怡惊讶：“你认识？”

“他是我爸爸的朋友。”

唯怡收起惊讶，她想起之前跟着南川坊的线时做的调查，犹豫了几次，然后问她：“单鞘，你爸是不是叫单莫啊？”

单鞘抬头，看着唯怡的眼睛里微微有些湿润。

她已经好久没有听人提起这个名字了。

单莫。

单鞘。

从她诞生在这个世界开始，他们就再也无法被分隔开来。

“是。”

2003 年的夏天，单莫从工作的大厦里搬了出来，跟朋友合伙开了个小工作室，整天东奔西走四处采景。寒冬的时候在成都廊桥边拍摄下一个女人的背影，照片获得了国内新闻界的最高奖项。

可是没想到后来有人爆出照片中的背影就是一个月前跳河自杀的女人，一时之间舆论四起，群众联名写信要求撤销单莫的获奖资格，在他们眼中，单莫是一名枉顾生命只为获取利益的摄影师。

更让人没有想到的是，半个月后单莫被发现在出租房内烧炭自杀。

小小的暗房里，单鞘回忆起从蹇小芳那里听来的当年事情发生的经过，她以为这会成为她永远的秘密，只是没想到，当有人提起单莫的名字时，她有如此强烈的倾诉欲。

“单鞘。”

从回忆的茧里被拔出来，她看着唯怡，眼里渐渐涌出的泪花再也控制不住。

只有她自己知道，她有多想念单莫。

“那你爸爸是因为那张照片自杀吗？”唯怡小心翼翼地问。

“不是。”单鞘挺直身子，为的是要把自己从这些年的委屈里给拉扯出来。

“那一年我爸爸的朋友重病，他答应朋友的妻子会筹到手术费，可是没想到奖项评委组真的取消了他的获奖资格，没有手术费，叔叔的手术一直拖着，最后去世。也许是因为叔叔的离世让他想起了妈妈，也许是因为谩骂他的舆论，他才做出了这样的选择。”

终于有人问起她，终于能替单莫辩解。

这一刻，她居然有些轻松了。

“没关系，都过去了。”唯怡安慰她。

都过去了。

那些所有的不被谅解、不被认同，甚至误解，都会随时间一点一点消失掉。

所有黑暗下的真相，总有一天会在光明下开出花。

PART 08

愿我做的事毫无用处，
爱你自己比真爱还要深

1.

整理好所有的材料，唯怡心满意足地准备打道回府。

出单元楼的时候外面还在下雨，两人撑着一把伞，朝外的肩膀被淋湿一半。路过一家咖啡店，两人相视一笑，达成一致目的往里走。

咖啡的香浓味道蔓延进鼻腔里，一杯热咖啡在这个时候成了贴心又贴胃的最佳保护。

街上没有人，只有按点发动的公交车和出租车在雨幕里移动着。

单鞘捧着杯子，静静地出神。

趁着等雨停的时间，唯怡赶紧把新闻稿写了出来。敲完最后一个字的时候，单鞘的电话就响了起来。

“还在新津吗？”那边能听见轻轻的雨声。

她“嗯”了一声，然后又出神。

唯怡把电话接了过来，听到雨声就明白了些什么，把地址报给他。

“单鞘，振作一点。”

“嗯。”

像是安慰，又像是承诺，唯怡说：“他们会知道真相的，总有一天，所有人都会知道当年发生了什么。”

所以，倔强的女孩，不要哭丧着脸，笑一笑。

她们坐在靠窗的位置，唯怡的目光落在窗外，一道车灯闪光，渐渐往她们这里靠近。

车停下，车门打开，一个穿着黑色大衣的男人走了出来，他太高了，进门的时候微微弯腰，环视一圈后，往她们这边走来。

唯怡起身，在半路截下他，聊了两三句，先回了车里。

回头，发现单鞘还在出神。

桌面被轻叩。

“你怎么来了？”单鞘回过神，才看见刚刚唯怡坐的位置上变成了聂山南。

她以为自己发呆发傻了，掐了掐自己的脸。

疼。

“傻子。”聂山南轻笑，“雨太大，不好打车，就过来接你。”

他挪了挪椅子，跟她更靠近一些，抓着她的手，放在嘴边呵了口气，搓一搓，冻得发紫的皮肤终于回了暖。

“怎么不多穿一点？这么冷的天，还下着雨，当心感冒。”他把自己的外套脱下来，披在她的身上。

不争气的是，他自己先打了个喷嚏。

单鞘着急，扯下衣服又披回他身上。

“你还说我呢，我是被急急忙忙喊出来的，自然顾不上再回家一趟取件外套了。你呢，你怎么里面穿了件薄衣就过来了？”

“我也急。”聂山南从下往上扣着衣扣，扣到最上面一颗时，补充着，“急着想见你。”

手心被温暖着，喜欢的人就在眼前，单鞘觉得，连街上的雨滴声也变得好听了。

“就这么想我吗？”

“想。”她又重复着，“很想。”

她从沙发里探出身子，抱着他，湿润的声音在空气里好像化成了一股热气：“我好想你啊，才一个上午不见，就这么想你。”

聂山南拥紧她：“那以后就跟紧我，一步也不要离开。”

回去的路上，聂山南发现单鞘难得沉默，目光一直落在窗外，有时还叹上两口气。

聂山南刹车，车停在路边上，伸手去抓单鞘紧握着的手。

“是不是出什么事儿了？”他皱着眉头问。

被温热的掌心包裹着，单鞘回头，不明所以地回答：“没有啊。”

聂山南紧紧盯着她，说：“单鞘，从刚刚我进咖啡店开始就觉得你奇奇怪怪的，要是出什么事儿了你可以跟我说，我是你的男朋友，我想替你分担。”

后面急速开来一辆车，单鞘透过车视镜瞧后面那辆车时，才发现自己苦着的那张脸。

她打着马虎眼：“真没有，就是下雨下得心里烦。你说这么冷的天还要经受暴雨的袭击，老天爷怎么这么不开眼啊？”

聂山南坐直身子，眼皮下垂，双唇紧紧抿在一起，好像是在跟自己生气。

怕他多想，单鞘侧过身子，两只手捧在他的脸上，轻轻晃着。

“我真没事，你别担心了好不好？”她用哄小孩子的语气说。

脸颊被手捧着，轻轻一用力，一张没有表情的脸上嘴巴被挤得嘟嘟的，让单鞘不禁偷笑，然后稍稍用力带起身子，在聂山南的嘴上嘬了一口。

人还没退回去，就被聂山南又给捞了回来。

“亲了就想跑？”

“那怎么办？”

“总得让我亲回去吧？”

单鞘笑，然后把脸凑过去，嘴巴拼命地嘟起，用力索吻。

“咚咚！”椅背被叩响。

一颗脑袋从车后座探出来，唯怡翻了个白眼，不满道：“你们是不是忘了还有我在车上？你们这样公然撒狗粮是非常不道德的行为！”

单鞘反驳她：“虽然我们给了你当电灯泡的机会，可是麻烦你能不能先关一下灯不要发光？还有，打扰情侣恩爱才是非常非常非常不道德的行为好吗！”

两人你一句我一嘴地争吵着，不大的空间里瞬间热闹起来。

聂山南抓着方向盘，看着单鞘活力满满战斗力十足的样子，总算放了心。

小病猫变回小野猫，他很满意。

因为独自去新津跑新闻线，唯怡被小骚狐狸在社长面前告了小状，被缠得没有办法的社长把唯怡叫进办公室，在进行一番“同事之间要互帮互助，相亲相爱”的思想教育无果之后，唯怡被社长放了大假。

走出办公室的时候，小骚狐狸就等在办公室外，见她出来，趾高气扬地看着她，一个白眼翻上天。

“哼，想从我手里抢走新闻线，痴人说梦。”

唯怡本来就被气得不轻，再被小骚狐狸这一恼，也不顾及这里是公司，对着小骚狐狸做了个下流的手势，然后头也不回地走开了。

出了公司大厦，她给江湖打电话。

那边正骑着小绵羊，说要去医院。她闲着没事可干，让江湖过去接她，一起去医院。

“怎么之前没听你提过啊？”搂着江湖的腰，头靠在江湖宽阔的背上，唯怡心不在焉地说。

风大，唯怡依稀听见他说：“这有什么好说的，生病嘛，又不是要死了。”

“呸呸呸，你别胡说。人家一二三挺好的，每次来店里都带东西来，你别以为我不知道吧台后面藏着好几瓶酒，都是他带来的对不对？”

江湖瞬间变怂：“我可一瓶都还没喝呢。酒是好酒，留着等咱闺女办满月酒的时候再喝。”

她给他背上狠狠一掐：“谁要给你生闺女啊？”

“你是我老婆，我不跟你生跟谁生？还是你喜欢儿子？我都成，只要是咱俩的孩子。”

一路没羞没臊地吵过来，等到病房的时候才发现没了人。

“早上就办了出院手续，一个人走的。”被江湖拦着的护士说。

“一个人走的？”江湖问。

护士被他问烦了：“这些天就他女朋友在，昨天还把女朋友气哭了，今天一早就收拾东西走了。”

江湖和唯怡面面相窥。

两人没急着走，江湖去易尔舢的主治医生办公室外等了半天，又谈了好一会儿，出来的时候脸色有些难看。

唯怡担心：“怎么样？医生怎么说？是不是情况不太好？”

江湖觉得头疼，一手撑着墙，半天没说话。

“到底什么情况你倒是说啊。”唯怡急了。

一个巴掌呼在自己脸上，江湖掩着脸，声音哽咽：“真不是东西！”

又一个巴掌要上去，唯怡扯着他，被他吓傻了。

“医生说，是肺癌，可是他一直不肯动手术。”

那天晚上，江湖喝掉了一箱酒，人倒在沙发里，骂骂咧咧着。

唯怡守在一边，听他讲他跟一二三还有单鞘的少年时光。当年他被蹇小芳捡回家，又比单鞘跟一二三年长，一直以大哥的身份自居。可是没想到，反倒总是脾气火暴的单鞘和遇事冷静的一二三给他擦屁股。

他在孤儿院长大，从小就被人欺负着，所以遇见蹇小芳，他才明白感情可贵。他这样逞凶斗狠的人，有一天被人温暖着，所以他无比珍惜。对蹇小芳是这样，对单鞘是这样，对一二三，也是这样。

到最后，醉酒的人还在说着话。

唯怡问他：“江湖，你知道单莫吗？”

他打了一个酒嗝：“知道啊，单鞘她老子嘛。”

“他是什么样的人啊？”

他又打了两个酒嗝：“老子又没见过他，老子怎么知道。”

唯怡打来热水，给他擦干净脸。解开扣子的时候，她的手被抓着，江湖挣扎着坐起来，一嘴酒气地对她说：“老婆，别跟那狗丫头提她老子的事儿。”他指着自己的心脏，“要是提了，蹇小芳跟单鞘心就疼，她俩要是疼了，我也跟着疼。”

2.

单鞘近来发现，聂水北这狗腿子不甘心做她的小弟，想要把那翻身歌来大声唱，另立山头当大王了。

譬如，吃饭的时候他总把她喜欢吃的菜堆在自己面前，她伸手去夹的时候还故意打掉她的筷子；她从大门进来时，他躲在门后死死扣住门锁，她翻墙时，他牵着一只不知道哪里来的大狗在墙下盯着她，那狗冲她汪汪吼，他连一句训斥都没有；她跟聂山南说话，他要插进来搭话，她跟贺老爷子说话，他就站在一旁冷笑翻白眼……

这几天被怼得浑身难受，于是战斗力爆表的单鞘也不甘示弱，人往门口一站，堵住要出门的聂水北。

“你怎么回事？是不是想谋朝篡位加害于朕？”她指着聂水北的鼻子质问。

这换以前，这狗腿子早冲上来抱住大腿求饶：“小人怎么敢啊，大人明鉴饶过小人吧！”

可是今日聂水北连看都没有看她一眼，伸手推开她就走开了。

气极了的单鞘不得劲儿，冲进聂山南的房间哭天喊地：“你弟弟要害我啊！他再也不是我手牵手的狗朋友了，他在外面有别的狗了！”

聂山南抓错重点：“你跟他手牵手？什么时候？”

单鞘收住假哭的嘴脸，捏肩揉腿一样不落：“我就是表达表达我跟他之间那种狐朋狗友的感情深度，加了一点点文学修饰成分，你不要太在意。”

聂山南半信半疑，拉着她坐在自己的大腿上。单鞘以为又到每日的你侬我侬加深感情时刻，一个吻正要凑上去，没想到下巴被聂山南两指捏着，左右晃了晃，装作恶狠狠的样子说：“不要别的狗，你有我就好了。”

单鞘挣脱开：“你又不是狗，我喜欢跟狗做朋友的。”

一句话噎死聂山南。

两人大眼瞪小眼，最后单鞘差点儿从聂山南的大腿上摔了下来。

时间回到三秒前。

聂山南忧愁的脸一下子松展开来，凑近单鞘的耳边：“汪汪汪！”

单鞘大声斥责：“你还有没有底线了！”

聂山南抬了抬下巴，说：“以前是这间坊子。”

见她没啥反应，他又补充着：“现在是你。”

“那……那……”

一个字磕磕巴巴了半天，就是说不出后面的话来。

聂山南见她被逗蒙的样子，笑得抬高了脸，一把将她拉了回来。

“啵！”

“每日你侬我侬加深感情时刻，今天申请时间延长。”

单鞘回嘬一口：“批准。”

像是掐着时间点来的，两人正你侬我侬着，门框就被人叩响。

聂水北双手抱在胸前，看单鞘的眼神不太友善：“有完没完了你俩？”

单鞘还记着他的仇，故意窝在聂山南的怀里，两眼一翻：“没完。”话落还不忘挑衅，拉着聂山南的手钩着自己的腰。

聂水北眼角微颤，冷哼一声，留下一句“外面有人找”就转身走了。

单鞘看了看聂山南，不确定地问：“他是说找你还是找我？”

聂山南捏着她的下巴，又落下一个吻：“找你。”

心情不错，单鞘一蹦两跳地走出南川坊大门，回头在一棵银杏树下见着站得笔直的周原。

“周叔叔，你找我啊？”没见过几次面，不过单鞘瞧他面容亲切，喊得也熟稔。

周原腋下夹着个公文包，翻出一沓纸递给她：“房屋归属，你得签个字。”

单鞘觉得他太客气：“你给我打通电话就行，没必要还麻烦你亲自跑一趟的。”

“恰巧路过。”接过合同，周原打量着旁边的那方宅子。

老宅，总透着萧瑟的意味。他驾车经过，也想下来看看，敲门没人在，一打听，单鞘人在隔壁宅子里。

“听说南川坊跟单家还有层关系？”

单鞘回头，两处宅子中间隔着围墙，墙角的边上被雨水一冲刷，长出了苍苔。

“是有，奶奶的堂兄就是这宅子的主人，几十年没相见，没想到让我给遇上了。”

周原眉头皱在一块儿，犹豫着问：“单翘，关于你父亲的事情，你知道多少？”

冷不丁地被提起，单鞘不太明白：“你是想问什么？”

“他当年自杀的原因。”

晚饭的时候，单鞘还不见人影。

贺老爷子在院子里转了一圈，手里的两颗核桃被他盘得染上了温度，人站在院墙边上，叫来聂山南，关切道：“吵架了？”

聂山南摇摇头，手里奉着杯茶，往老人家手上一递，应着：“我去叫她。”

夜里凉。

聂山南一路畅通无阻，掏出钥匙，打开门锁，入眼是一片让他眉头紧蹙的景象。

单鞘人缩在院子里的仙人榻上，腿上裹着张毛毯，睡得不老实，外套的领口咧开，灌了风，人缩了又缩。

聂山南轻声走近她，脱下自己的外套拢在她身上。

动作轻，可是睡觉的人太敏感，点点的触碰就给叫醒了起来。

“怎么在这里就睡着了？”他拉了拉滑落的外套，蹲在她的身边。

单鞘呆呆地看着他，然后双手一伸，搂着他的肩膀，半张脸落在他的肩上，蹭了蹭，撒娇着：“不知道哎。”

人打横被抱起，进了屋才稍稍暖和了一点儿。聂山南把人放进被子里，退到一边，坐在不远的椅子上。

房间里很安静，连浅浅的呼吸声都听得一清二楚。

单鞘没了困意，两只眼睛转啊转，转累了就挂在聂山南的身上，冷不丁地开口：“聂山南，你想什么呢？”

聂山南支着手，抬眼看她：“在猜你是不是有心事。”

“猜到了吗？”

“猜到了。”

“是什么？”

这下被问着了，他疑问道：“还跟水北置气呢？”

“哼。”单鞘扭头，“不想当我的狗就不是好狗，不要他这只白眼狼了。”

“那我呢？”

“你什么？”

聂山南靠过来，人半跪在床边，两手撑着下巴，眼睛乌溜溜的，问她：“要不要我？”

“要要要！”人从被子里扑出来，半个身子挂在他身上，冲击太强，两个人险些摔在地上。

“小心一些。”鼻尖被轻点。

单鞘蹿进他怀里：“好。”

窗外月亮正好探出头，单鞘一抬眼，就见乌云散去。

神啊，我太喜欢眼前这个人了，我不想失去他。

可是我总有一天会失去他。

枕头底下压着张纸，聂山南淡淡瞥过一眼，操心着：“东西怎么随便放着？”

他伸手要去拿，单鞘眼疾手快截下他，折起来，塞进衣服兜里，抱怨道：“你怎么像个老头子一样爱碎碎念啊？”

一声嗤笑。

“那你完蛋了，还得听我念上好几十年。”

把人拉上床边坐着，单鞘换了个舒服的姿势枕在他的双腿上，灯光落在他的眉眼上、下巴上，她探手摸了摸：“洗耳恭听。”

可就算我会失去他，也请神多给我一点时间，我想好好爱他，多一点，再多一点。

单鞘暗自想着。

手机屏幕一亮，已经是晚上七点。

坐了好一会儿，聂山南摸摸她的耳垂：“饿不饿？现在过去吃点东西？”

单鞘翻个身，在他的怀里拱啊拱，最后被他摁住脑袋：“好了，不吃，饿了我再给你做。”

“嗯。”

没有人打扰的夜晚，单鞘被微凉的空气吹得红了脸，她莫名伸手抱着脸，半天不敢动静。

察觉到不一样的聂山南埋低腰，侧头问她：“是不是哪里不舒服，怎么耳根子都红了。”

一摸，还有些烫手。

“没……没有啊。”

她矢口否认。

可是聂山南抓着她的手要往下，她挣脱掉，一来二去，她觉得身子都有些发烫了。

最后抵不过他的力气，她认命地任他撒开手，一动不动。

微红的脸颊像是给胭脂染过，她低垂着眼，睫毛扑闪扑闪的，不自然的抿嘴动作更加出卖了她。

“单鞘，你是不是又在想奇奇怪怪的事情了？”

被拆穿，但是她不想否认。

旖旎的夜色，相爱的男女，寒冷的夜里好像涌进一阵春风，透过半开的窗户吹了进来，包裹着年轻的身体。

熄灯的房间里，是调笑和衣服掉落的声音。

聂山南笨手笨脚，扯痛了单鞘的头发，混浊的呼吸声里不敢多言语，他一手轻轻揉着被扯痛的地方，一只手在她的身上摸索着。

带着寒意的手触碰上温热的身体，单鞘打了一个寒噤，清醒了不少。

“聂山南。”她轻声喊。

男人的喉结里发出淡淡的声音，像是在回应她。

她开口：“冬天了，我跟一二三约好要吃一顿火锅的。”

动作的手停顿，漆黑的夜里，单鞘听见男人咽唾沫的声音，最后从她的身上翻了下去，倒在她的旁边。

屋内的温度瞬间下降。

单鞘侧躺着，手指一点一点地顺着聂山南的胳膊往上爬。

她不知好歹地问：“你生气了？”

“单鞘，没有一个男朋友会愿意在这种时候听见他的女朋友心里正惦记着另外一个男人。”他声音喑哑。

手指停在他肩窝的位置，单鞘挠啊挠，态度诚恳：“我错了。”

聂山南手掩在额头，叹了口气。

这是道歉就能一笔勾销的事情吗？

单鞘意识到自己犯下的严重错误，偷偷给自己打气，然后被子一掀，手麻利地脱下自己的衬衣，眼睛一闭，大喊一声：“Come on baby（来吧，宝贝）！”

声音很大，这下把聂山南也给彻底震醒了。

他转过头，看见单鞘白嫩的身体，身子慢慢支起来。

单鞘心里暗恼自己太过火，可是话已经说出口不能再收回来，只好任他处置。

她感觉到聂山南正向她靠近，男人的气息越来越浓郁，她咬着下嘴唇，等待的时间里身上突然添上一份温暖。

外套蒙在脑袋上，人被聂山南裹进被子里。

她睁开眼扯下外套，跟聂山南大眼瞪小眼，然后两人哈哈大笑起来。

“聂山南，你是不是看不起我的小胸小屁股啊？”她不怕死地又挑起一场蓄势待发的战争。

聂山南上下扫了一眼被裹得看不见一寸皮肤的人，认真思考：“对我来说刚刚好。”

“那你真的不试一下？”

聂山南被她问得牙痒痒，双手抱紧被子，翻身不再看她：“睡觉！”

3.

放了长假的唯怡整日无所事事，在火锅店帮忙，被江湖当宝贝似的勒令不准动手只能坐着。这一坐就是一天，她掏出手机翻了翻又放下，感觉屁股上都要长青春痘了。

“老婆你可别糊弄我，屁股上长青春痘？你就算再年轻痘再多这青春也不敢在你身上随意生长啊？行了行了，你要是实在闲得慌就跟狗丫头出去购购物喝喝茶，过过贵妇生活。”说着，他从钱包里掏出一张银行卡。

“密码是咱的结婚纪念日，爱你么么哒，要是东西不够你提得手断掉就不要回来见我了。”

于是，被唯怡叫出来的单鞘双眼喷火：“你这是叫老子出来吃你们的狗粮？”

唯怡打哈哈：“我哪敢啊，我这不是白捡了张卡想着给咱妹子添置新衣裳嘛，走，今天嫂子带你征战商场，瞧上什么买什么。”

单鞘冷眼：“先说好，江湖会不会杀了我？”

“不会。”

“以后你儿子的奶粉钱不够了你会不会找我算账？”

“不会。”

“那……”

嘴被捂着，单鞘被拖进商场，一件一件衣服在身上比画过，唯怡觉得都还不错，然后一股脑扔给单鞘，再把人推进换衣间里。

搞定。

换衣间里，单鞘一边换着衣服一边给聂山南发着短信。

单鞘：我有一种被人包养的感觉，你觉得我这种想法危险吗？

当家的：十分危险。

单鞘：怎么说，我还挺喜欢的。

下一秒，一串账号跟密码发过来。

紧接着，一条短信过来。

当家的：我钱不多不少，刚好够你挥霍。以后有别的女人问起来，就说你的金主叫聂山南。

一条贴身长裙，单鞘拉上拉链，笑声撼动天地。

十几套衣服换下来，单鞘没了半条命，打量过最后一条热裙，单鞘嘴角抽搐，衣服一扔，人瘫在沙发里不想动弹。

唯怡没了人影，手机被扔在沙发里，消息不断进来。单鞘被吵得烦，伸手要摁静音，屏幕上亮起的消息映进眼里。

脑子里轰轰地响过，雷声、火车声交叉向她砸来，僵硬的手指点在屏幕上，迟迟不敢划开锁屏。

解决完三急的唯怡一身轻松地晃进店里，人挨着单鞘陷进沙发里，一手搂过单鞘："怎么样？喜欢不喜欢？姐姐都给你买下来！"

她说得豪情万丈，丝毫不心疼江湖的血汗钱。

单鞘一声不吭，亮起唯怡的手机，问她："你在调查单莫？"

唯怡脸色一僵，夺过手机，翻开短信，发现发件人是办公室的小骚狐狸。社长把她所有的调查资料全部打包给了小骚狐狸，连单莫的那一部分也没有落下，而那只小骚狐狸正跟她打听关于单莫事件的来龙去脉。

关掉手机，唯怡几次解释都有些语无伦次，急得脸通红，越说越笨，最后低下头，蔫蔫地开口：“单鞘，我只是想……”

“想帮单莫澄清真相？”

唯怡愣在原地，清亮的眼睛里闪过泪花。

江湖曾经跟她说，只要提及单莫，单鞘的心就会疼。她以为那份疼痛感是单鞘自我封闭的阀门，她以为单鞘会责怪她甚至会痛骂她，可是她所有的以为都被单鞘简单的一句话打得消散。

她明白她的用意。

“唯怡，我从来没有对你起过一丝的怀疑，即使是有关于单莫。”单鞘垂着眼皮。

“自从蹇小芳走后，江湖就是我唯一的亲人了。”她抬头，“而现在，我还有你，对不对？”

因为你是疼爱我的那个人的爱人，所以我知道，你不会伤害我，即使对我隐瞒，即使你有遮掩。可是因为人跟人之间总有不同，你用你的方式保护我珍爱我馈赠我，于我来说，我用那仅有一点点的智慧也能知晓，你是那一栏为我遮风挡雨的小小屋檐。

唯怡伸手抱着单鞘。她在孤儿院长大，以为这辈子能遇见江湖已经用掉了这一生所有的运气，可是她没有想到，上帝对她如此宽爱，她还能遇见单鞘，理解她所有的一切。

“小翘。”

她第一次见单鞘时，视频通话对面的女孩头发蓬乱，咧着嘴冲她笑。就此一眼，她喜爱这个女孩。

“小翘。”唯怡轻轻呢喃几声，“如果我有伤害到你，你会不会恨我？”

“因为南川坊，因为我跟聂山南。”她没有疑问，她如此笃定。

因为她知道，十三年前的那次事件早早为她跟聂山南之间埋下了结局。

周原来见单鞘的那一次，除了那份房屋归属合同，还带来了一份死亡报告。

报告上的女人死因自杀，留下两个年幼的儿子，投身廊桥河水，在三天之后被打捞起来。一个月之后，一名中年摄影师被指出刚刚获得国内新闻奖最高奖项的照片里有女人死亡前最后的背影。

半个月之后，摄影师在租住的出租房里烧炭自杀。

舆论浪潮一波高过一波，直到在十三年后的今天，也有不少人对此事件有不小的讨论。

那个烧炭自杀的摄影师，是她的父亲，单莫。

而那个跳河自杀的女人，是她爱着的那个人的母亲，周穗。

单鞘猜想，如果唯怡一直在调查单莫，那她一定早就知道照片里的女人是谁。

“你知道了对不对？”唯怡讶异。

单鞘没回答。她宁愿自己不知道，这样她就能跟聂山南永远在一起。

可是她觉得难过。她觉得自己对不起单莫，她可怜的父亲，直到临死前的最后一秒依然被人诬陷，她却从来没有想过要为他澄清些什么。

“没关系，我会调查清楚。如果是误会，不，一定是误会，那聂山南肯定不会在意的。”唯怡宽慰她。

单鞘拉着唯怡的手，摇摇头，觉得时光倒退。退回十岁那年，她被蹇小芳接回乡下，所有人对她指指点点，同龄的孩子说她是杀人犯的女儿。

“唯怡，就算现在想起来，我也觉得可怕。‘见死不救，就是杀人’，这句话常常在我耳边围绕，每一天它在我的心里刻上一刀，直到有一天鲜血满地再也没有地方能划上一刀了，连我自己都相信了。”

见死不救，就是杀人。

就好像恶毒的诅咒一样，她和蹇小芳的身上被刻上了永远都清洗不掉的咒印，而这个咒印，是她永远不能跨越过去的一条鸿沟。

“你看，那时候连我自己都相信了，那他呢？那是他的母亲啊，他一定，会比任何人都更愤慨吧。”

PART 09

我的爱在静默，是与你告别在高山与汪洋的边界

Z H A I X I A X I N G X I N G G E I N I

1.

舆论风暴是在不久后的某个晚上如同狂风急雨一样袭来的。

摄影师常驻的论坛里有人匿名发帖，还原了十三年前自杀的女人和获奖摄影师事件的细枝末节。因为之前摄影师被蛇群攻击的新闻，帖子发出的瞬间就涌进了好些人在下面疯狂注水讨论，众人义愤填膺好像即将披甲上阵的战士，还有人顺着点点蛛丝马迹扒出前不久网上被人讨论的“最美摄影师”单鞘就是单莫的女儿。

一时之间，网络上众说纷纭，时间仿佛被谁刻意拉回到十三年前，让单鞘没有任何招架之力。

她一个人在院子里静静待着，谁的电话短信都视而不见，她好像一只囚鸟，隔绝掉外界的一切讯息，包括聂山南。

她不知道聂山南是不是已经看见了网络上的言论，可是她想，事态发展到现在这个模样，就算遮住他的眼睛捂住他的耳朵，他也能洞悉一切。

所以她不敢去见聂山南。

对，因为不敢。就算她知道所有的内情，可是没有一样拿得出手的证据摆在他的面前，理直气壮地告诉他：“你不能像别人一样误会我的爸爸，因为他没有做错，因为他的自杀跟你母亲的死没有任何关系。”

她伸出一双手，阳光笼罩着她，她看见指间的地方被照晒得微微有些透明。

要是世间所有的真相都裸露在阳光之下就好了，她就可以没有顾忌地去见聂山南了。

而让她更加泄气的是，聂山南自从帖子爆出来的那一天开始，就再也没有来找过她。她望着天边低空飞过的一群乌鸦，觉得就算只隔着一面墙，可他们之间真正的距离其实远远不止于此。

蹑手蹑脚地爬上院墙，单鞘猫着身子往墙缝里看，菜园子里没有人，连一点儿声音也没有。

她正泄气，院子大门就被人一脚踹开。

江湖手里拎着不少东西，胸前背后各一个装得满满当当的书包。

“没死呢？没死就过来搭把手，累死老子了。”

归置好江湖带来的东西，单鞘蹲在厨房门口瞧他系着围裙。

“你带这么多东西过来干什么？我又不过冬，也知道怎么自己觅食。”单鞘嫌弃地把一袋速冻水饺扔进垃圾桶里，韭菜鸡蛋味的，她又不爱吃。

“放你的臭狗屁。”江湖手里挥着刀，觉得不妥，又放下，“电话不接短信不回，老子还以为你嗝屁了呢。”

“胡说八道！”单鞘瞪眼，“我像是个英年早逝的人吗？老子还没骑过河马呢，怎么着也得等骑完河马再说。”

江湖的两个白眼差点儿把自己给翻了过去，手里一翻一炒，嘴硬着说：“我才不想来看你，要不是唯怡把刀架在我脖子上，我才懒得动。”

“哦。”单鞘觉得江湖口是心非的时候显得人特别蠢，他总是心虚着去瞧人的态度，要是稍见不对就立马改口。

认识这么多年，她早就把江湖的一切习惯摸得一清二楚。就好像现在，江湖瞧她只淡淡回了一个字，又见风使舵：“你说你都这么大个人了还不会照顾自己，我到底是你哥呢还是你爹啊，就该伺候着你是吧？”

意识到说错话，一个巴掌打在嘴上，江湖又给了自己一耳光。

瞧单鞘还蹲在地上挑挑拣拣，他问她：“聂山南是不是也看见网络上那些东西了？”

“不知道啊。”单鞘摇头，“我没联系他，他也没联系我。”

“所以你俩现在非一般默契的冷战了？”江湖嘴控制不住地犯贱。

单鞘扯着嘴角：“应该是吧。”

江湖是个外热心更热的人，当然，这只对蹇小芳和单鞘。

所以等单鞘吃饱了，他收拾好碗筷，然后坐在蹲在沙发里玩游戏的单鞘旁边，一只手抬起来在单鞘脑袋上蹭啊蹭，用特别别扭的普通话跟单鞘说：“小单翘长大了对不对？不会像以前一样把自己关起来对不对？”

“不对。”单鞘扒拉掉他的手，无比嫌恶地看了他一眼。

江湖吃了瘪，把厨房里的垃圾收拾干净，出门的时候跟单鞘说：“网上那些东西就别看了，一群王八羔子以为天将降大任于身上一样傻兮兮地放狗屁呢，臭得要死，你就别往里面凑了。”

“哦。”

“晚饭在冰箱的保鲜盒里，热一热再吃。”

“知道了。”

“门要锁好，睡觉的时候记得关灯，要是夜里冷就加床被子……”

“江湖你烦不烦啊？”单鞘觉得江湖今天特别啰唆，而她今天也特别烦躁，不像往常一样任由他瞎叨叨。

江湖闭了嘴，深深看了她一眼，然后关上门走了。

听见院子里没了声，单鞘躺进沙发里。

退出游戏界面，她打开手机通讯录，挣扎了好久终于把电话拨了出去。

那边提示对方已关机。

呼！单鞘深吸一口气，庆幸又难过。

那天晚上她醒来好几次，心里总觉得不踏实，瞪了天花板好久，鬼使神差地打开论坛，把那篇帖子翻了个底朝天。

睡意终于袭来，她突然好想就这样睡死过去。

梦里，她遇见一个小女孩，蹲在马路边上痛哭流涕，她问小女孩:

“你哭什么啊？跟姐姐讲谁欺负你，我去帮你揍回来。”

小女孩的脸模糊看不清，抽抽搭搭地说：“他们说我爸爸是杀人犯。”

“谁说的？”

小女孩伸手指着前面，单鞘看过去，黑压压的一片，好多人啊。

“姐姐，你能揍赢他们吗？”

单鞘摇摇头，寡不敌众，这道理她还是懂的。

“所以啊，没有人帮我，也没有人帮你啊。”

那张脸清晰起来，单鞘看清，那是小时候的自己。

2.

怀揣着十二万分勇气来南川坊敲门的单鞘其实内心十分挣扎，在门口站了许久，最后还是按以前的老规矩来，翻墙。

只是脚还没落在地上，就被院脚边上一只巨型狗吓得差点儿丢了魂。

“聂水北是不是吃撑了没事干，整这么大只狗回来干什么？”单鞘拍掉裤腿上的灰，防备着拴在菜园子旁边那棵树干边上的大狗，灰溜溜地跑开好远后还回头冲狗“汪汪”了两声。

“你是白痴吗？”十分嫌弃的语气在背后响起。

单鞘尴尬地回头，就瞧见聂水北手里端着一碗狗粮，一只手背在身后，白了她一眼。

嗯？

今天放肆不起来，甚至有些小心翼翼。她用轻得不能再轻的声音问聂水北：“你哥呢？在家吗？”

“找他做什么？”聂水北还是冷着脸。

“有事儿谈。”单鞘简明扼要。

她感觉到聂水北的眼神一直落在她身上，看得叫人怪难受的。换作以前她早发作把聂水北揍得屁滚尿流了，可是现在不敢。她甚至猜测，这几天聂水北对她态度一百八十度大变化，也许是因为他早知道了。

而事实证明，她的猜测没有错。

聂水北语气冰冷：“你凭什么身份跟他谈？女朋友？还是对我妈妈见死不救的杀人犯的女儿？”

单鞘暗骂一句，扮猪吃老虎的角色啊。

“我当面跟他谈，成不？”单鞘不敢发火，哪敢发火呀，所以努力尝试着挤出个笑来缓和缓和两人现在尴尬的气氛。

可是聂水北看在眼里却觉得，单鞘心虚了。换作以前，他就这语气跟她说话，早被她一巴掌拍死了。

“不成。”聂水北继续炸弹似的拒绝，“单鞘，你知道你现在对南川坊来说算什么吗？违禁物品，要么把我们都给炸得面目全非，要么把你扔出去再也看不见免得心烦，你选哪一个？”

她哪个都不选，她为什么要选啊？

“你不讲道理。”单鞘软磨硬泡。

“要讲什么道理？我妈的死我跟你爸讲过道理吗？单鞘，我们以前是朋友，对，我觉得至少是真心朋友，现在呢？我们不是了，那你觉得你跟我哥呢？还能像以前一样你侬我侬地说甜言蜜语吗？你自己不硌硬得慌吗？”

单鞘觉得，聂水北的脏话肯定是跟江湖学的。她最烦跟江湖吵架了，面前这个人把江湖的本事学了个十成九，她也烦跟他吵。

那成吧，溜了。

于是，单鞘顶着数千数万把眼刀爬上院墙，翻了回去。

在房间里待了又一天，单鞘觉得自己都快要发霉了。

江湖前一天放在冰箱里的菜她一口没吃，难得她还有心情划开手机点外卖，要是江湖知道了，不知道是该高兴还是该发愁。

阳光映在房间里，单鞘活动活动筋骨，觉得自己也该动一动了，她爬起来洗漱完毕，然后准备去院子里做一套广播体操。

依然是《初升的太阳》，手机连着音响，背景声音震耳欲聋，所以她没有听见外面有人在叩门，所以当她头发还乱得跟个鸡窝似的，一条裤腿卷在大腿的地方，侧身弯腰正露出肚脐的时候，聂山南拿着钥匙打开了院门锁。

空气凝固，气氛有一点点尴尬。

“你……你怎么来了？”单鞘扯了扯衣服，红着脸关掉音响。

聂山南脸上有肉眼可见的疲惫，他放下手里的行李箱，走过来伸手抱住单鞘：“想你了啊。”

“想我连电话也不给我打，咱住得还这么近，也不来看看我。”单鞘撒娇。

该怎么跟她解释呢？

那天一早他被聂水北推着到机场，说有一笔外地单子得他亲自谈，登机的时候他的手机被聂水北顺走，到了外地，连轴的应酬让那个他根本抽不出时间来给他的宝贝女孩打一通电话。

直到飞回来的路上他才觉得不对劲，下了飞机他往回赶，问司机借手机查看了最近所有的新闻，直到翻到麻辣社区里的帖子，他暗骂了一句。

“单鞘，我饿了。”他在单鞘的脖颈间蹭了蹭。

单鞘拍拍他的肩膀以示鼓励：“我刚点了外卖，应该马上就到了。”

“不吃外卖。”

“冰箱里还有昨天江湖来剩的菜，热一热？”

“你就给我吃剩菜啊？”

单鞘想拍死他，出一趟远门，回来就变得难伺候了。

“那你说怎么办？我先给你做？”单鞘不确定地问他。

“成。”

外卖被放在餐桌上，厨房里单鞘往锅里打了颗鸡蛋，又烫了点青菜，一碗鸡蛋面就做好了。

“就吃这个啊？”夹起一筷子，聂山南皱着眉问。

单鞘说：“爱吃不吃。”

想把面拉回来，但被聂山南截住了：“吃呗，还能怎么办？”

单鞘一边打开外卖盒，一边偷偷瞧聂山南。

太不对劲儿了。

饭吃了两口，心里积着一口气，单鞘咽也不是吐也不是，最后筷子往桌上一扔，问：“聂山南，你是不是都知道了？”

“知道什么？”

她听出他在装傻。

她抢下他手里的筷子。

“我爸单莫和……”她咽了咽口水，“和你妈的事。”

“知道了又怎么样？”聂山南从她手里又抢回筷子，继续吃面。

她没敢继续说下去，她太明白他们现在所处环境里对方的底线是什么，可以碰及和不可以碰及的界限在她眼前早已泾渭分明，她该明白在什么时候要适可而止。

可是她忘了，聂山南说，现在她才是他的底线。

所以，聂山南看似毫不在意其实说得特别郑重其事：“单鞘，你不会以为我也相信网络上的那些所谓的事情还原吧？”

他把鸡蛋夹进单鞘碗里，然后刺溜吃掉最后一口面，满足地靠在椅背上。

什么意思？

聂山南又说：“我有能够辨别是非的眼睛和脑子，就算我不能断定什么是真的什么是假的，可是我知道我只要站在你那一边，就是对的。”

他完全相信她，甚至她的爸爸，站在声援他母亲的所有人的对立面，牵着她的手，说他会跟她站在一起。

3.

贺老爷子不在家，听刘姨说，跟院街口的周老头报了个旅行团，去日本泡温泉了。

刘姨在厨房里切菜，然后叫住窗户外面的聂山南：“小水北这两天有些不对劲儿，总是把自己关在房间里，饭送过去也不吃，这下你回来了，可得好好说说他。”

聂山南点头，然后瞧向院子南边的那个房间，门半开着。聂山南敲了三下，里面没人应，推门而进。

聂水北伏在桌前，手里抓着一张泛黄的相片，那是四岁那年在游乐场里拍下的，那时候爸爸妈妈都还在，聂山南摁着小水北的头，照片里的小水北被他哥欺负得正哭鼻子。

“你回来了啊。”聂水北抬眼看他。

“手机。”他伸出手。

聂水北“啧”了一声，从抽屉里翻出手机递给他，开机，三十来通未接电话，还有“99+”的聊天消息。

聂山南没有如聂水北想象中那样发脾气或者质问他，只是跟他说：“这几天天气不好，整天把自己关在房间里不怕发霉吗？”

聂水北眼眶发红：“哥，你还要跟她在一起吗？”

“为什么不要呢？喜欢一个人不就是想时时刻刻跟她在一起吗？”聂山南反问他。

“可是你明明知道……”他知道聂山南什么时候下的飞机，这个时候才回南川坊，他一定是先去过单鞘那里了，那么他也一定知道了自己拿走他手机的原因。

聂山南打断他："我是知道，可是就是因为知道的东西太多，所以我才不会轻易地推开她丢下她。"

聂山南顿了一下，继续说："水北，有些时候我也想像你一样，什么都不知道，可以自己选择，多好啊。可是我没有办法，那些东西在我心里已经扎进了根，把我的心死死缠绕包裹，是单鞘来把它们解开的，所以我为什么要推开她呢？"

那个夜晚刀光亮眼的秘密他会一辈子埋在心里，他不会告诉任何人，特别是聂水北。他知道聂水北有多喜欢妈妈，所以他不能在水北的心上划上最沉重的一刀。

他想保护单鞘，也想保护聂水北，他最喜欢的人和他最疼爱的弟弟，不能被拿来取舍，不能被拿来比较，所以他用自己的方法来解决这个噩梦一般的问题。

论坛帖子的匿名发帖者被人顺藤摸瓜挖了出来，唯怡在灌水楼里找着 IP 地址，发现居然是公司内网的地址，再一查，发帖的人就是社长身边的那个小骚狐狸。

唯怡这下坐不住了，才不管当初社长放的长假到底什么时候截止，人往报社大楼里窜，发誓要把小骚狐狸的头发全部薅下来！

全身奓毛的唯怡推开办公室的门时，所有人正在埋头苦干，没有人在意这个来势汹汹的女人。唯怡尴尬地捋了捋耳边的头发，发现社长并没有在办公室里，一打听，人在档案室。

唯怡冲向档案室，去的时候里面一个人也没有。她找了一圈，除了登记册旁边凌乱放着一沓资料，连个鬼影子也没有。

她一边嘟囔一边把资料收拾好，眼睛一瞥，瞧见登记册上面赫然写着“沈知南”三个大字。

沈知南，蛇群攻击的摄影师，听单鞘说，他还是单莫的朋友。

她顺着登记册后面的数列找到沈知南的资料袋，好奇心促使她打开，然后觉得天旋地转。

单鞘夜里经常能听见隔壁院子里聂水北牵来的那只大狗的叫声，好几次失眠的罪魁祸首都非它莫属。

聂山南最近好像很忙，她已经两天没见着他了。

手机里上一条短信还是今天早上的，他提醒她今天天冷，记得出门的时候要多添一件衣服。

她其实是开心的，尽管她依然害怕，不敢直面网络上的言语，可是她知道她不是一个人在支撑着。

有一个人，不问缘由不顾是非地相信着她，让她比任何时候都有力量。

可是，就是这个晚上，夏园来了电话，压倒她最后一根紧绷的神经。

易尔舢的病情急速恶化，在急救室里已经抢救了六个小时，夏园吓得失去了理智，第一个反应是给单鞘打电话。

等单鞘赶到的时候，夏园两眼通红地坐在急救室外的长椅上，她头发凌乱皮肤状态很差，看样子应该是很久没有时间细心打理过了。

“单鞘，这可怎么办啊？”夏园拉着单鞘，脸上泪水淌出一条明显的痕迹来。

单鞘也没有办法。

她跟易尔舢上一次见面，还是一个多月以前，那时候他的精神状态还不错，他们在江湖的火锅店里坐了很久，最后是夏园来接的他。

单鞘跟他再见：“当初说好了冬天的时候一起吃火锅，那下一次，就春天的时候再见啦。”

易尔舢眼睛轻抬，里面藏着让人不自知的笑，他点点头，跟她挥手再见。

可是寒冬还没过去，他们隔着一面墙，又见面了。

那几天，单鞘跟夏园轮流在医院里照顾。女人之间的友谊有时候建立得特别奇怪，就好比她们两个人，在易尔舢熟睡时聊起他所有的糗事，然后互相抱怨，然后又笑作一团。

直到有一天，她在医院里被人拦下，她已经不记得是谁先带头说了一句：“就是她，那个没有良心最后自杀的摄影师的女儿。”

像一把火一样，在医院的整个走廊里燃烧起一股讨伐之火。

单鞘听见他们的指指点点，他们轻蔑的眼神和不屑的表情跟梦境里小女孩见到的人脸如出一辙。

她才知道，时间是能够被扭转重叠的，世界上真的会有某一刻跟过去或者未来重合。

她在病房里坐了好久，想起小时候自己跟易尔舢被其他的孩子围在一起，朝他们的身上扔树枝和石头，像对待怪物一样对待他们。

“一二三，我好难受啊。”

就算她曾经也妄想拯救世界拯救自己，向往光明，可是她永远都逃不过心魔。

所以，那天夜里，她跟易尔舢告别，然后谁也没有告诉就登上了前往异国他乡的飞机。

世间一切皆笑话。

第二天早上，单鞘乘坐的飞机正航行过阿拉伯海。她不知道在那个时候，唯怡第一次入镜新闻采访，把当年被人刻意隐藏的真相公布于众。

那是连单鞘也不知道的真相。

那一年廊桥边，单莫跟沈知南在外采风，后来有记者采访沈知南，他表示他们当时并不知道女人会自杀，况且当时在廊桥边的不只他们两个人，他们对女人的自杀表示痛心，可是女人的自杀跟他们真的毫无关系。

可是这番话被专栏记者刻意删掉，群众接收到的信息仅仅只有“他们对女人的自杀表示痛心，可是女人的自杀跟他们真的毫无关系”。

仅仅只是被删除掉了几个字，却把一个人彻底毁灭。唯怡在镜头前义愤填膺，她想把单鞘这些年所有的委屈全部告诉这些伪善的舆论制造者，让他们知道他们是何等的羞耻。

然而这一切，单鞘却没有机会听到。

她败给心魔，如同几年前一样，用逃避当作解决的办法。

她只是希望，她爱着的人也要好好生活。

PART 10

我曾踏月而来，只因你在山中

Z H A I X I A X I N G X I N G G E I N I

1.

三年后。

单鞘回来的那一天，只跟江湖通过电话。

怀里抱着睡得正熟的唯怡，大脚趾和二脚趾夹着婴儿床轻轻晃着，他抓起手机，也没看来电人是谁，先是一通骂："你玩午夜凶铃啊？"

电话那边风声很大，她说："江湖，我回来了。"

江湖问她：“你回来干啥？”

“见我闺女，红包我都准备好了。”

江湖探头，瞧见婴儿床里的江怡心没被闹醒，不想跟她磨叽：“不麻烦你跑一趟了，我接受转账。”

那边说：“死没良心的，明天晚上见。”

挂掉电话，江湖倒头就睡。十分钟后，该死的呼噜声吵醒江怡心，然后脸上就被唯怡狠狠扇了一巴掌。

都说生了孩子后的女人容易性情大变。江湖起初不信，现在每日生活在地狱里，算是小小的惩罚。

“江湖，你给我滚出去睡！”

然后，他连人带枕头地被唯怡踢下床。

头磕在床角上，江湖不在意地揉一揉，然后想起来：“媳妇儿，我刚刚做了个梦，梦见狗丫头回来了。”

哄着孩子的唯怡好像没听见，在哇哇的哭声中又送了江湖一个枕头。

揉揉摔疼的屁股瓣儿，江湖咂着嘴走出房间。

第二天醒来的时候，手机里十六通未接电话。

他拨回去：“你最好是有快死了这等大事说，不然老子见着你揍死你。”

那边说话很急，江湖听了好几遍，才组织好语句。那边问：“单鞘是不是回来了？”

回来了？

回来了！

原来昨晚不是做梦。通话记录是真的，打电话的人是单鞘没错，好像还约了今晚见面。

“你去吗？虽然我俩走一块儿很容易让别人误会我们的关系不一般。”

冷漠脸和暴躁脸，好像很般配。

那边迟疑着：“她也许不愿意见我。”

“成。”江湖断下答案，“你就是一软蛋！”

单鞘落地后就近在一家小旅馆睡了一夜。硬板床，硌得她胳膊差点儿脱臼，可是想想这三年里无数个席地而睡的夜晚，总算找回一点点慰藉。

她问小旅馆的前台借了个充电器，联系了周原谈宅子的处理问题，跟大学同学吹牛讲她在非洲骑河马的辉煌事迹……然后手机提醒系统更新。

三年没开机，系统版本从 7.0 升级到 13.0，更新提示里说，新增手机定位功能，开机就能查询地址。

她点进去，发现自己的手机已经连接了另外一个号码。那串号码她太熟悉了，躺在她的联系人第一位，是聂山南的手机号码。

手机关机，扔进垃圾桶里。

她问前台借了个电话，给江湖发了条短信，说她要赶晚上的飞机，有缘再见，闺女的红包她给留着，以后当嫁妆。

被小唯怡折腾得眼冒金星的江湖瞧见短信的时候已经是快黄昏，他跟聂山南说：“那狗丫头又跑了。”

那时候聂山南正在菜园子里摘新鲜的丝瓜，手一抖，竹藤子被他折断一根。

聂水北吹着口哨踏进后院的时候，拉着急匆匆的聂山南：“你瞎跑个啥？为了给那没良心的丫头修缮屋顶摔骨折的腿就好了？能冲刺世界冠军了？”

聂山南推开他，赶到机场的时候，最近一班飞往赞比亚的飞机已经停止办理登机手续。

他在人群中站立着，觉得心里空了一块。

过去三年，他飞遍了整个非洲，以为上帝也许垂怜，让他恰好遇见那年不告而别的单鞘，可是每飞一次，带回来的就是多一份的失望。

他想起贺老爷子的临终嘱托。

贺老爷子在前一年的深秋没了，走得很突然。前一天还提着收音机在广场上跟别的大爷斗舞，第二天起来，人就吊着一口气。

聂山南跟聂水北跪在床前，老爷子糊涂了，问聂山南：“单鞘那丫头呢？你俩又吵架了？”

聂山南宽慰他：“没有，她在院子里给您煲汤呢。”

老爷子点点头，来了精神又冲聂水北嚷嚷：“一天天尽整些幺蛾子事来，你要是再敢对单鞘吵吵，我就撅了你的腿。”

聂水北低着头，不敢答话。

老爷子叹口气，改口说：“算了，让你哥把你打死算了。”

聂水北偷偷瞥了聂山南一眼，瞧见他眼里的失落，然后一扭头，擦了擦快要掉出来的眼泪。

要是他哥这辈子都是一个人，那他就是害得他哥打光棍的罪魁祸首。

也许是人临死前的回光返照，老爷子用过晚餐后还起身在院子里转了一圈，没瞧见单鞘，便说要回房间休息了。睡前，他问聂山南：“那丫头丢下你，你怪不怪她？”

聂山南摇头：“我会把她找回来的。”

“好孩子。”

“我那个妹子可怜，这辈子没落着个好人家，没想到她的孩子过得也苦。你要是找着了她，一定要待她好。”

那个晚上，贺老爷子到落下最后一口气前，嘴里一直念着一个字，听不真切。后来某日聂水北想起，跟聂山南说：“哥，爷爷走前念着的好像是个‘芳’字。”

航站楼里响起一段广播：本该于今晚九点十五分飞往阿比让的航班因为交通管制原因暂时停飞，飞行时间还不能确定，航班公司对此感到抱歉，改飞明天中午一点四十的旅客请到 T1 楼入口黄色戒线外登记酒店入住……

聂山南目光所及之处即是 T1 楼入口的黄色戒线，在一阵抱怨声中，他远远看见一个单薄的身影，如此熟悉，让他片刻慌神。

单鞘从来不知道，那个滞留在机场的夜晚，有个人一直跟在她身后，隔着一段距离，陪着她从机场穿过到酒店的大街小巷，同星与月碰过面，只是一直没敢开口唤她的名字。

聂山南给江湖打电话：“我见着她了。”

江湖被小唯怡吵得脑袋疼，扯着嗓子喊：“把她给老子抓回来，我要让她见识见识我长兄如父的威严，不把她打得叫我一声‘爸爸’我就不姓江！”

聂山南说：“江湖，我腿软。”

一个三十岁的男人，跟他爱着的那个人久别重逢，他居然慌了神。

那边啐了他一声：“软蛋！”

“是。”聂山南轻笑自己，“在她面前我什么都不是。”

叹了一口气，他又说：“江湖，我好想她，我好想抱抱她亲亲她，把她揽在怀里告诉她我爱她我在等她。可是我害怕，怕我会禁锢了她。”

她是自由的，她是属于天空的，她可以去更广阔的地方。

可是他有时候总是自私地想，如果再遇见她，告诉她，留下来吧，别走了，跟着我陪着我。

在单鞘之前，他从来不知道爱一个人是什么感觉。可是自从遇见了她，他好像变得跟以前不一样了。

他开始能够释怀自己被母亲丢弃的人生，他也开始能够原谅自己被人选择的命运，他甚至感激，因为他知道，如果不是因为这样，他又怎么能在这人山人海的世界里遇见她。

飞机在费里克斯霍佛特博伊机场落地，空气里飘散着不知名的热带水果香味，聂山南走在人群的最后，他没有一件行李，走在他前面的是一对刚刚新婚不久从博茨瓦纳回来的年轻夫妻，从家里打包了不少东西，两人背着都显得累赘，聂山南主动提出帮忙。

听说聂山南是从中国来的，男人兴奋地跟聂山南说起川普。在磕磕巴巴的交流里，聂山南知道男人叫 Nashwa，租住的地方隔壁是一对来自成都的小夫妻，两人心好，免费教附近的小孩儿中文。

“你们是好人噻。”分别前，Nashwa 留下自己的电话和地址，邀请聂山南有空时去他家坐一坐。

聂山南谢过，眼睛一直落在队伍前那个披着纱巾的女人身上。

出了机场，外面有不少的 gbaka（当地的小型巴士）等在外面，聂山南看着单鞘熟稔地坐上一辆 gbaka，最后一排靠窗，然后闭眼好像睡着了。

路边停着辆红色 woro-woro（当地的出租车），里面一个小哥伸手招呼他聊了两句，说今天还没接上一单生意，不管他去什么地方，只收他 5000 西非法郎。

尘沙飞扬，聂山南指着那辆连车体外还站着三个人的 gbaka 说：“跟上它。”

gbaka 在一棵矮粗杧果树下停车，小哥说这里是大巴萨姆镇，前几年经历过一次恐怖袭击，这几年修缮过几次，总算有了原来的样子。

小哥说得断断续续，聂山南听了个大概，侧脸看着窗外，再回头时才发现单鞘已经下了车。

付过钱，下车的时候小哥问：“你是来这里旅游的吗？”

“找人。”

“听说打那以后这里来了很多志愿者，你要找的人在这里？”

“志愿者？”聂山南想了想，“应该是吧。”

单鞘走得很慢，一路下来跟不少人打招呼，一个小孩儿迎面扑到她身上，她笑着把小孩儿扯开，轻轻揪着小孩儿的耳朵说了两句，然后从口袋里掏出两颗奶糖递给小孩儿继续往里走。

小孩儿扭头，用磕磕巴巴的英语对跟在后面的中年女人说：“妈妈，单姐姐给的糖哦。”

“那你谢谢姐姐了吗？”

小孩儿点头：“有哦，易哥哥说要做个有礼貌的小孩儿。”

聂山南经过母子俩，小孩儿见到生人，问中年女人：“妈妈，那个是单姐姐的朋友吗？”

中年女人把怀里的竹筐往胸前提了提：“你怎么知道的？”

“他一直看着姐姐啊，还跟着姐姐，是不是喜欢姐姐啊？”

“小孩子不要乱说话。”

再往里走，是一片白墙，上面是小孩儿的涂鸦，聂山南觉得画得有些乱七八糟，可是纯真得好看。

他永远跟单鞘保持着百米的距离，见她拐过两个弯，下去一个斜坡，停在一扇铁门前。

太像个跟踪狂了。聂山南站在墙面后想。

侧出半个身子，瞧见一个男人打开了铁门，骨节分明的手接过单鞘的行李箱，说了两句话就让单鞘进了去。

聂山南认得那个男人，是易尔舢。

2.

在附近一家旅馆歇息下来，聂山南才意识到他这趟出来走得有多匆忙，他连一样洗漱用品也没有。

旅馆不远的地方有家超市，严格来说，只是两间打通隔断的商铺而已。里面东西很少，牙刷包装上还落了不少灰，店铺老板是个围着纱巾的中年女人，瞧见一个中国男人进店，偷偷瞧了好几眼，担心他一样东西也看不上。

结账的时候遇见个熟面孔，是机场遇见的那个会说川普的男人，扛着一袋米跟路上的小贩为一包烟讨价还价，最后商讨无果，不情愿地从兜里掏出几个硬币，点上烟的时候才看见聂山南，热情地跟他打招呼。

“嘿，没想到在这里遇见你。”

聂山南回绝了他递来的一根烟，向他打听单鞘进的那间院子。

“啊，那里呀，是易先生买下的院子，跟他妻子一块儿，就是在机场时跟你提过教附近小孩儿中文的好心人。”

聂山南皱眉：“他们结婚了？”

“是呀。”Nashwa 又点了一根烟，“他们两年前来的这里，后来那间院子的原主人要出国，就把院子卖给他们了。他们一直很恩爱，朋友也不少，经常听见他们院子里传来的唱歌声。”

Nashwa 絮絮叨叨地说了好些，聂山南一个字也没听进去。

单鞘结婚了。

是他唯一得到的结论。

没拆开的牙刷毛巾被随意扔在床上，聂山南买了一张电话卡，装上之后给江湖打电话。

“我明天就回来，晚上去你那里方便吗？”

江湖咧着嗓子喊：“怎么着？这么快就把那丫头拿下来了？”

“没有。”聂山南觉得口干舌燥，“江湖，我回来再跟你说好不好？”

“那你打电话做什么？”江湖怒吼。

“江湖，我把她错过了。”聂山南躺倒在床上，“真让人不甘心。”

聂山南为了单鞘远赴异国他乡，没有见面，没有说上一句话，匆匆的一趟行程，他就要打道回府。

到机场的时候，他才发现把护照落在了旅馆，等再回到旅馆，房间已经收拾干净，坐在电视机前看新闻的老板听见他掉了东西，摇摇头，解释着清洁房间的都是附近想赚些零花钱的小孩儿，如果东西真被孩子捡走，自己不送还回来的话就很难找回来。

“其实你可以选择报警，只是……”老板觉得这很难开口。

只是那孩子可能就得被关上好几天，也许以后连学也上不了。

“没关系，再等等，也许明天就送回来了。”聂山南先松了口，让老板又开了间房。

他在房间里待了整整一天，到夜晚的时候，老板叫他下楼吃饭。

“其实你也别太担心，那东西也换不着钱，怎么着也能找回来。”

聂山南要了一罐啤酒，没见过的牌子，喝着有些涩，多两口就觉得头有些晕。

迷迷糊糊地，他听见老板说：“这不，东西被人送回来了。”

摇摇晃晃间，看见一个女人走近他，用低得不能再低的声音凑在他耳边问他：“聂山南，你是不是想我了？”

醉倒前，聂山南脑子里只有一句话，狗才想你呢！

可是醒来的时候，他傻呵呵地坐在床上，居然真想当一只狗了。

单鞘就坐在房间里的沙发上，身上披着件单薄外套，睡得正香。

光着脚，聂山南从床上轻轻下来蹲在她旁边。

黑了点儿，头发也长了些，鼻头冒了一颗小白痘出来，他伸手，脸摸着也没以前滑了。

“你要流氓呢？”一双眼睛盯着他。

聂山南走回床边：“不可以吗？”

然后想起前两天 Nashwa 提起她已经结婚的事儿，轻笑一声，觉得是自己过分了。

“对不起。”他突然道歉。

“态度不诚恳。”单鞘更无赖。

聂山南没办法，问她：“那你说怎么办？”

“跪这儿，叫姑奶奶，说对不起我错了，不该冒犯。”

聂山南轻轻地笑，然后忍不住，笑得更加猖狂。

掩着脸，他想，这个人怎么还是如此厚颜无耻啊。

真的，从未见过如此厚颜无耻的人了。当年明明是她不告而别，一句话也没有留给他，而现在，他不远万里地追赶而来，她问的第一句话却是“聂山南，你是不是想我了”。

可是，她问得没错，他好想她，好想好想她。

护照是被易尔舢捡着的，在一间废弃的工厂里。当年恐怖袭击的时候被炸得没了顶，现在被易尔舢改成了一间小教室，书桌、黑板一应俱全。下了课打扫卫生的时候，他在垃圾桶里捡着聂山南的护照，然后带给了单鞘。

“他让你带给我的？”聂山南不相信。如果换作是他，他才不会给自己妻子去见她前任男友的任何机会。

“没错啊，他说你肯定是来找我的，非叫我拿来还给你。”单鞘不以为意，在房间的柜子里翻出一桶叫不出名字的泡面，泡上热水，等着面熟。

这会儿太阳还没出来，前一个晚上她连晚饭都还没吃就来给聂山南送护照，来的路上想着也不亏，还能蹭上一顿不是？可是谁知道聂山南这个没出息的，一罐啤酒喝了两口就醉了。饭没吃上，她还照顾了他一晚上。

这个人情，够聂山南还上好久的了。

面一泡开，满屋子的香气，聂山南抿了抿嘴，他也想吃。

“别打它的主意啊。”单鞘把面护着，手扇着想把味儿给倒回来。

聂山南摇摇头，觉得自己好像养了只白眼狼。

“你菜园子里的菜是我吃的不错，可是我也帮你拍照了啊，两清了对不对？”像是猜到了，单鞘刺溜一口面，烫着嘴说。

聂山南递给她面纸：“你慢慢吃，我又不跟你抢。”

“我就是怕你抢啊。”单鞘蹲在沙发里，强调着。

单鞘把汤汁也喝得干干净净，一点儿也没给聂山南留下，然后瘫在沙发里，拍着肚子玩。

聂山南犹豫了许久，还是没忍住开口：“那天你回来……”

“手机我扔了。”单鞘截住他的话，“聂山南，你挺贼的啊，定位我的手机，怎么着？对我还恋恋不忘呢？”她好像在开玩笑，但是语气里带着一丝严肃认真。

“你是不是生气了？”

“是啊。”单鞘想也不想。

“可还不是被你给找着了。”她又说，“跟着我上飞机的？”

“是。”聂山南点头。

“然后一路跟到了这里？”

聂山南再点头。

他把所有答案都回答得太快，让单鞘来不及反应。

然后两个人在房间里又坐了许久，单鞘问他几点了：“我说了，手机我给扔了，说起来你还欠我一部手机呢。可是想一想算了，咱俩还是不要有那么多牵扯了。”

她拉开门，听见身后沉闷一声：“那你跟易尔舢呢？就还牵扯着，理所当然的？”

“为什么不可以？”单鞘疑惑。

聂山南愣住。

是啊，为什么不可以？那个人被她爱过一整个少年时代，一整个少年时代啊，那是最好的时光。

就算曾经少年国度分崩离析，现在再有牵扯，为什么不可以呢？

从废弃工厂上课回来，易尔舢停在自家院子前掂量了好一会儿，屋子里生着火，系着围裙的女人在灶台前忙活了好久，看见他，笑着问：“怎么还不进来？自己家也不认得了？”

易尔舢恍惚，走进院子里问她：“今天回来这么早？”

“见完面就回来了，想着你肯定没有好好吃饭。”

易尔舢放下手里的教材，从冰箱里拿出一瓶冰饮料，被叫住：“你身体刚恢复好，少喝些这种刺激性的东西，特别还是冰的。”

“你越来越啰唆了。”易尔舢抱怨着，然后老老实实地把冰饮料放了回去。

“我要是不多啰唆一点，你自己会注意吗？”

易尔舢想了想：“也是。”

房间里不大，柜子里被塞得满满当当的，布置得倒是很温馨，这是两人亲手一点一点装饰出来的，小是小了些，但烟火气息浓重。

“夏园。”想起什么，他叫住灶台前的人，“单鞘回来了吗？”

“还没呢，没有手机也联系不上，你知道她去哪里了吗？”夏园盛出汤，走出来。

易尔舢研究着前一天跟单鞘留下的棋局，见夏园出来，收拾着桌面。

“去见一个朋友。”

“朋友？”夏园好奇，“她刚刚来，哪里认识什么朋友？”

易尔舢搭手摆放着碗筷，轻笑着：“一个很久不见的朋友，老朋友。”

旅馆房间里，聂山南跟单鞘无言坐了许久。

大概是忍受不了这太过安静的环境，聂山南问她：“你怎么知道我在这里的？”

“镇子小，来了个外国男人就够街上的女人们讨论半天的，一打听就知道了。”单鞘抠着手回答。

“哦。”聂山南点头。

然后发现再无话题可聊。

可是明明他有好多的话想同她说，这会儿却一个字也问不出口了。

单鞘瞧他呆坐着，问他：“老爷子身体还好吗？”

“前一年深秋的时候走了。”他想起老爷子的嘱托。

“这样啊。”她语气里有些不可置信，然后又觉得，生老病死才是世间最为险恶的事。

“那南川坊呢？生意好吗？”她想起那会儿被她肆虐过的菜园子。

“挺好的，水北现在勤快了许多，帮了我不少忙。”

“这样啊。”她重复着。

他冷不丁地提起：“水北挺想你的。”

“哼，”单鞘嗤鼻，“我可不想他，那会子可是他拿着刀亲手在我心口上剜下一块肉的。”

聂山南低头，半天又说：“我也很想你。”

“果然，你对我还恋恋不忘呢。”单鞘站起身，居高临下地看他。

“是啊。”聂山南承认道，“可是有什么用呢？单鞘，我错过你了不是吗？”

“那你还来找我做什么？”单鞘冷哼着问他。她一直没敢承认，亲眼看见他护照的那一刻，她的心有过短暂的动摇。

“我本来以为我可以把你找回来的。”聂山南缓缓开口。

“现在呢？”她努力克制，话说出口时还是能听见语气里隐约的颤抖。

聂山南摇摇头，没有说话。

单鞘深吸一口气，手握在门把上：“聂山南，我现在才发现你也会有没出息的一天呢。”

她在等，要是他开口，也许她就跟他回去了。

她曾经也想过撼天动地，把这个世界搅乱一番，可是因为遇见聂山南，她什么都不想了。

留在他身边，牵着他的手，这一生就足够了。

3.

聂水北打来电话，说新谈成了一笔生意，如果发展得顺利，也许蜀绣能有一片新天地。可是他不敢妄拿主意，想问他哥什么时候回来。

护照被单鞘放在电脑桌上，聂山南翻了翻：“明天就回来。”

那边迟疑了一会儿，问他：“你是不是去找她了？”

“嗯。”

“找着了吗？”

“找着了。”

“那把她带回来啊。”聂水北控制不住欣喜，他哥不用打光棍了。

聂山南嘲笑自己：“也许没有办法。”

“怎么，她还生我气呢？我给她认错还不行嘛，你把电话给她，我来跟她说。”

“她结婚了。”

夏园在厨房里瞧见一脸怒气的单鞘，人在院子里暴走，拿易尔舢宝贝得不行的绿植撒气。

“怎么出去一趟人还疯了？”夏园问房间里的易尔舢。

易尔舢探头，心领神会：“老朋友把她惹生气了。”

“什么朋友啊，大老远的来给人气受。”

易尔舢没说话，招呼院子里的单鞘，递给她切好的杧果。

“吵架了？”

“没有。”单鞘两眼一翻，压低声音跟易尔舢说，“他以为我跟你结婚了。”

易尔舢听了愣住，然后笑出声，一口气没喘上来狠狠咳嗽。

夏园跑来顺着他的背，生着气：“还嫌我啰唆，要不是我跟着你身边，你还能活到今天？”

易尔舢摆手示意自己没事，然后指着单鞘说：“她给我说了一个惊天八卦。”

夏园问：“什么八卦能让你笑成这样？”

“她说，她的老朋友以为我跟她在一起了。”

“不是在一起，是结婚，结婚！”单鞘咬牙切齿。

这下夏园明白了，那个所谓的老朋友，说的是聂山南。

“误会大了。”易尔舢玩笑着。

“简直是天大的玩笑好不好！”单鞘跌进沙发里，动作太猛，陷下好大一块地方。

“你没跟他解释吗？”夏园切中重点。

“还解释什么？他把话都说成这样了，我还跟他解释个屁啊！”单鞘说。

那个晚上，夏园在单鞘房间里待了许久，问她想过以后该怎么办吗。

“该怎么办就怎么办呗，反正到哪儿都能活着。”单鞘还生着聂山南的气，说起话来不客气。

“那聂山南呢？三年了，你还要躲着他？”

“我没躲。”单鞘抗议，“我这不叫躲，顶多只说得上是……是……”

“是”了半天，也没得出个准确结论来。

“好了。”夏园拉着她的手，“单鞘，没有人能左右你的想法，可是你得为自己拿个主意是不是？当年你不告而别，对很多人来说都是个不小的打击。”

来阿比让前，江湖为易尔舢和夏园送行，说起单鞘的时候，江湖一脸恨铁不成钢的样子，可是骂了没两句，泪水珠子就哗啦啦地掉下来。

“她肯定不好受，那些年她在恶言恶语中披荆斩棘，好不容易能坦然面对，可是现在要她怎么办？聂山南就是那个女人的孩子，她喜欢着的那个人，这下让她怎么去面对啊？”

夏园想起江湖临别提起单鞘时说的话，小心翼翼地问她：“单鞘，现在你还能面对聂山南吗？”

单鞘不知道该怎么说，她曾经作茧自缚觉得不能面对舆论，面对老爷子还有聂山南，就算后来唯怡带来当年的事情真相，可是她又觉得自己好累啊，心上好像被好多人射了一个又一个伤口，无力的感觉包裹着她，她挣脱不出来，所以她逃了出来。

可是她好想聂山南啊，想知道他过得好不好，有没有好好吃饭，是不是整夜留在刺绣间里画图，菜园子里是不是还种着她喜欢的丝瓜……

可是她不知道该怎么回去面对。

直到见到他，她觉得那些被她臆想出来的阻拦其实从来不曾存在在她跟他之间，只要他一句话，她就跟他走。

无所顾忌，奋不顾身。

4.

退房时，旅馆老板特别让聂山南再检查检查，不要再弄丢了什么东西。

聂山南再三跟他确认，身份证、钱包、护照都带在身上，不会再回来麻烦他了。

坐上 woro-woro，聂山南长舒了一口气。江湖前一天晚上特意打来电话，知道他这趟出行如同上刑，为了宽慰他，一定要邀请他去店里吃上一顿红通通的火锅。

“辣爽了，再拉两天肚子，什么忧愁就都忘掉了。”说起歪理来，江湖永远头头是道。

中途转了一趟机，等飞机终于在成都落地，聂山南感觉全身都已经散架了。

本来还在想着该怎么客气着回绝掉江湖的邀约，可是江湖就好像感觉到他的想法一样，一通电话拨过来：“酒我已经备好了，快来快来。”

语速很快，丝毫不给他说话的机会。

看了看时间，这会儿正下午五点四十分，等过去了刚好吃顿晚饭。

拦了一辆出租车，他坐上车，这时窗外跑过去一个人，样子装扮得好像个为了躲掉狗仔偷拍的大明星。

江湖等得瞌睡都快要来了，有些不耐烦地嚷嚷：“这都三个多小时了，他是被抓走了还是路上遇见抢劫灰溜溜去派出所报案去了？怎么着也该到了是不是？”

唯怡刚把江怡心哄入睡，这一嚷嚷直接把小姑娘吓醒了。江湖没等唯怡反应，自己先跪在了遥控器上。

“这是？”聂山南进店，入眼就见江湖跪在地上，双手举过头顶，认错态度无比诚恳。

“情侣之间的生活乐趣，你一只单身狗不会懂的。”江湖得到唯怡的眼神指示，人站起来的时候腿已经麻得没有知觉，全靠聂山南扶着。

火锅冒着腾腾热气。

江湖听完聂山南这一趟出去的所有经历，然后点点头，皱着眉头说：“忒不是个东西。”

他还想再骂，然后被聂山南拦下：“她应该有她自己的选择的。”

江湖一拍桌子：“老子骂的是你。”

聂山南抬眼，然后入耳一阵婴儿的哭声，唯怡把拖鞋扔在江湖的脑袋上，恶狠狠地瞪着他。

聂山南上前哄着江怡心，讨喜的是，被聂山南抱着的江怡心真的就不哭了，抽抽搭搭的小表情让聂山南发笑，然后唯怡说：“喏，以后这就是你干爹，你亲爹亲妈没钱的时候就找他要。”

“行啊。”

“那不成。”

“那不成。”

聂山南的声音之外，还有两个声音持反对意见。

一个是江湖，另一个，是站在门口把自己裹得看不出是男是女的“大棕熊”。

取下围巾放下帽子，“大棕熊”开了一瓶啤酒：“怎么这么堵车，我快要饿死了。你们站那儿干吗？就吃饱了？那不行，吃饱也得陪着我吃，不然显得我吃得很多一样。”

“大棕熊”一边吃一边滔滔不绝，聂山南抱着江怡心以为是自己出现了幻觉。

可是那身酷似大棕熊的衣服四个小时以前他真在机场外见过，当时还想，这明星品位是不是也太差了一点儿？

“啊，对了。”“大棕熊”放下筷子，手挨个儿指过去，“这个是我哥和我嫂子，你手里抱着的是我哥嫂的孩子，她得管我叫姑姑。而你是我男朋友，所以她到底该叫你什么？”又说，“你要当她干爹也行，反正她干妈也是我。”

聂山南听她整理好关系，把熟睡的江怡心抱回给唯怡。

“你怎么在这里？”

“你东西落了，我给你送回来。”

然后她在背包里掏了许久，什么也没掏出来。她一拍脑袋，抬头说：“你瞧我这记性，你是真落东西了，你把我落下来了。”

聂山南喊她：“单鞘。”

跟那时候一模一样，只要叫一叫，就能让他看见另外一个美好的世界。

“哎。”单鞘应他。

“单鞘。”

“哎。”

“单鞘。”

“你烦不烦啊？”

番外01

蹇　小　芳

ZHAI XIA XING XING GEI NI

蹇小芳临死之前，在院子里坐了许久。

那天天气不算很好，沉甸甸的乌云把本来晴朗的天空遮挡了一半，可是这雨瞧着就是不落下来。

有人从院子外路过，跟她打了声招呼。蹇小芳横着眼，觉得那人有些没眼力见儿。

“我一个老太婆，有啥好不好的，都是要死的人了。”

那人被她这话吓得不轻，连话也不敢搭就走了。

蹇小芳起身，从屋子里拿出床旧棉被，搭上晾衣杆的时候顿了一下，望着天，骂了一句：“神经病。”

她想晒被子，可是忘了天气不太好。

单鞘就在这会儿来的电话。

老太太慢悠悠地掏出粉色小灵通，一键免提。

“干啥子？电话费好贵哦，你没事做老打电话干啥子？”

“我拿奖了。”

“哦。”蹇小芳觉得太生硬，“那可以噻，我孙女子能干。”

“等我回来带你吃大餐。”

“吃锤子，挣点儿钱就用一点儿，自己存起，万一以后有啥子急用哎。哎呀，不跟你说了，我要晒被子了。”

挺好的。蹇小芳想，至少单鞘比她爸有出息。

傍晚的时候，村子里升起烟，各家院子里都忙活着做晚饭。

蹇小芳划开火柴，添了几块炭，觉得犯疲倦，趴在床边上睡了一小会儿。

梦里，她瞧见自己十七岁那一天，红色盖头被人掀起来，不是新郎官，是她的后母。

后母张着嘴说话，可是她明明听不见声音，却依稀能明白后母在说什么。

“你也别觉得委屈，咱们家在单家做工，家里好不好我们自然清楚明白，单家少爷命不好，在你之前死了三个老婆，可是你也不亏，嫁过一次人，就我们这出身，已经说得上是高攀了。”

蹇小芳那会儿性子还不泼辣，听后母这么说，立马红了脸。

一直到二更，单家少爷才一身酒气进了房间。他扯开红盖头，瞪着一双眼睛，好像把蹇小芳看了个底朝天。

“我会克死你的。”天晓得洞房花烛夜里新郎跟新娘说的第一句话却是这个。

蹇小芳摇头：“我不怕。”

新郎把手搭在桌面上：“行，反正你死了我也不会掉一滴眼泪。”

本来以为这下找着个好归宿，可是谁想得到，没了几年，碰上严打，单家就被人搬空了。蹇小芳坐在宅子门口，旁边放着一床棉被，抬头看天，灰蒙蒙的一片。

单家人没了，后母也改嫁了，蹇小芳卷起袖子求人找工作，没想到回来的时候，发现宅子门口被人丢了团东西。

一打开，是个婴儿。

一见蹇小芳，婴儿咧嘴就笑。

蹇小芳收养了婴儿，孩子随夫家姓，单名一个“莫”字。

她一个人把孩子养大，以为他能找份正正经经的工作，可是他偏偏要学什么摄影。

鬼的摄影，把人拍进一张纸里，那是摄魂。

单莫跟蹇小芳沟通不了，收拾了两件衣服就离开了宅子。

蹇小芳瞧着宅子里没了人，便在乡下买了一间院子，每天从早忙活到晚，种了一院子的菜。

直到有一天，有个什么鬼律师来了电话，说单莫死了，她现在是单鞘唯一的监护人。

鬼知道，她连单莫什么时候结婚什么时候有的孩子都不知道。

她通通都不知道。

啊！对，还有单鞘。

这孩子这会儿还在北京呢，等她回来得好好劝一劝，不能跟她爸学，没什么好下场的。

“单鞘。”

屋子里升起一股浓烟。

番外02

我们的婚礼

Z H A I X I A X I N G X I N G G E I N I

单鞘跟聂山南婚礼的那一天，江湖以绝对优势担任证婚人。

“什么凭什么？这些年我给她又当哥又当爹的，你说我该不该？”

单鞘一脚蹬在他屁股上：“是老子看你可怜才让你当的。”

江湖吹胡子瞪眼，找聂山南诉苦：“不成了，果然嫁出去的女儿泼出去的水，现在什么话也敢说出口了，对我也敢大不敬了。”

聂山南那会儿也正在酒店门口接待宾客，没仔细听，最后说：“听她的就成，我都没意见。”

江湖觉得自己快要脑溢血了。

婚礼一结束，新郎新娘就丢下宾客们自己先走了。

他们驱车在高速上，聂山南抓着单鞘的手，怎么握都觉得不够。

“我有一个问题。”单鞘抓回他的手，指尖点在他的指节上。

“嗯？”

“要是那天我不跟着你后面回来，你还会不会去找我啊？”

聂山南听出来了，送命题。

他假装：“会吧。”

“会吧？”单鞘掐他手背。

聂山南反扣住她的手：“开车呢。”

很好，新婚第一天，新郎就把新娘惹生气了。

一直到凌晨，两人在酒店歇息下来，单鞘也没跟聂山南说过一句话。

说好甜蜜的旅行蜜月，甜蜜个屁！

聂山南从卫生间收拾好出来时，单鞘已经蒙头睡觉了，他轻手轻脚地爬上床，人缩进被子里，手开始不老实。

单鞘躲，他得寸进尺一点，单鞘再躲，他更加得寸进尺。

“滚。”

聂山南双手环住她：“我不。”

“你不个屁，滚远一点。”

她还在生气呢。聂山南得出结论。

然后，他真的缩下床，没了动静。

单鞘更生气了，左等右等听不见声音，翻身坐了起来，打开灯，瞧见被子上放着一束花。

真俗。

可是架不住心里喜欢，她捧着花，看了看又闻了闻，然后在房间里找聂山南。

“人呢？”

“这儿呢。”

床底下发出声音。

单鞘埋腰，瞧见聂山南趴在地上找什么东西。她问：“你找什么呢？”

聂山南有些泄气：“结婚戒指掉了，在床底下。”

单鞘恨不得把聂山南丢出窗外。

“你说你，今天都干成什么事儿了？我到底为什么要跟你结婚啊？”单鞘骂骂咧咧地爬下床，跟聂山南一样的姿势趴在地上帮忙找戒指。

“哪儿呢？”单鞘啥也没看见。

“往里一点，你再找找。”

单鞘憋着火，盘算着怎么把聂山南揍一顿才不算家暴。

“有个屁啊！”单鞘整个人已经窝在床底下，什么也看不见。

慢悠悠的声音响起：“哦，掉床上了，不用找了。”

单鞘觉得，聂山南这个人挺会找死的。

她从床底下爬出来，拳头还没抡好，人就先傻了。

床上放着张房产证和戒盒，聂山南说：“仔细想想，求婚的时候我只是问了你一句，连束花也没有，江湖说他跟唯怡求婚到结婚一个程序也没少，所以我想，别人有的，你也得有，还得比别人的好。”

单鞘打开戒盒，嗯，聂山南这人不会过日子，求婚戒指买的十克拉的。

“那个呢？”单鞘问旁边的房产证。

“我把单家的宅子买回来了，明天就找人把墙拆了，以后你就别爬墙了。”

“哦。”单鞘假淡定。

“你今天问我的问题，我想了想，如果你真结了婚，我试试能不能把你抢回来，如果你没回来，也许……”

“也许什么？”

“也许这会儿我们正在阿比让举办婚礼。”
